新精英丛书

老马的
职业"鬼"话

马华兴 著

湖南文艺出版社
HUNAN LITERATURE AND ART PUBLISHING HOUSE

博集天卷
CS-BOOKY

图书在版编目（CIP）数据

老马的职业"鬼"话 / 马华兴著 . —— 长沙：湖南文艺出版社，2013.3
ISBN 978-7-5404-5833-1

Ⅰ . ①老… Ⅱ . ①马… Ⅲ . ①职业选择—通俗读物 Ⅳ . ① C913.2-49

中国版本图书馆 CIP 数据核字（2012）第 282884 号

上架建议：励志·成功心理学

老马的职业"鬼"话

著　　者：马华兴
出 版 人：刘清华
责任编辑：丁丽丹　刘诗哲
监　　制：蔡明菲　潘　良
特约编辑：温雅卿
封面设计：吴晋书艺坊
版式设计：崔振江
出版发行：湖南文艺出版社
　　　　　　（长沙市雨花区东二环一段 508 号　邮编：410014）
网　　址：www.hnwy.net
印　　刷：北京盛兰兄弟印刷装订有限公司
经　　销：新华书店
开　　本：880mm×1270mm　1/32
字　　数：210 千字
印　　张：7
版　　次：2013 年 3 月第 1 版
印　　次：2013 年 3 月第 1 次印刷
书　　号：ISBN 978-7-5404-5833-1
定　　价：28.00 元
（若有质量问题，请致电质量监督电话：010-84409925）

CONTENTS **目录**

CONTENTS **目录**

CONTENTS **目录**

第一章

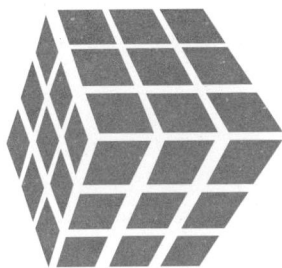

给你的职业加点儿"魔法"

1.1 我们是"跑龙套的"还是主角

相信所有读者都看过小说、电影、电视剧，玩过游戏。那么，你一定会发现任何一个故事中都有一类角色："跑龙套的"。

在电影和电视剧里，他们叫"群众演员"，典型的如著名电视剧《射雕英雄传》里的"宋兵甲""宋兵乙"；

在小说里，他们是"看大门的""店小二""百夫长""农妇"，作者小气到连个名字都不给人家起；

在游戏里，他们叫 NPC，即 Non-Player-Controlled Character（非玩家控制角色），这时候这帮家伙又成了"道具店商人伊万""同伴士兵大卫""教堂神父皮埃尔""村庄里的小孩小宝""敌人的副将李大虎"。

总之，在导演、作者、设计者眼里，这些人就是随手抓来用的"跑龙套的"，他们甚至还刻薄到在这名字前边儿加个"死"字："死跑龙套的"。

这些不起眼的"跑龙套的"跟这本书有什么关系？

因为，在职业生涯中，我们每个人都把自己看成了不起眼的"跑龙套的"！

是的，在电影中，是主角的天下；在小说中，是主角儿的天下；在游戏中，还是主角儿的天下。无论是在中国的（金庸以及所有人的武侠小说）还是在西方的（哈利·波特）故事中，这些主角儿生来天赋异禀（即便是又傻又笨的，也有又傻又笨的天赋，比如只学了一招"亢龙有悔"就可以拳打少林、脚踢武当），早年父母双亡因而行走江湖（即便父母健在，也找得到一堆不得不走、必须要走、被赶着走、留下就跟你断绝母子关系的理由），其间突然得到高人指点，或遇到神秘武器，或弄到一本秘籍，之后突然开窍，再之后经历多少次被设计好的艰难困苦，甚至身中奇毒、断臂失明，背后总有个"没有什么能够阻挡，我对自由的向往"的背景音。最后，就真的找到了快乐、爱情、自由、幸福等每个人都想要的东西，即便是死亡，也死得价值非凡，惊天地、泣鬼神。

他们的职业生涯如此圆满：方向总是清晰，决策总是正确，贵人总会遇到。困难？挫折？那些对他们来说只是某种刺激。但是，你是否会发现一个很诡异的现象：无论我们是玩儿这类游戏，还是看这类影视、小说，我们从来也不羡慕嫉妒恨，反而感到愉悦。

为什么？

因为我们把自己当成了故事中的主角儿。这种感觉弥补了我们实际职业生涯的空白。

但在实际职业生涯中，我们却只把自己当成了一个"跑龙套的"。

想想那些"跑龙套的"的生活吧。

如同流星划过夜空，只是为配合主角儿完成某项任务而出现；

带着一堆困惑和问题出现，却让主角儿来替他们解决；

多数时候是给主角儿垫背，要么用来增加主角儿的经验值，要么拿来给主角儿送钱，甚至帮主角儿挡明枪暗箭，挂了都没人记得；

好不容易做了级别高一点儿的 "跑龙套的"，给主角儿出了点儿难题，制造了点儿恐怖气氛，但总会冒出一个主角儿的帮手或人生导师，联合主角儿把你搞掉。

我们的职业、我们的人生是不是也这样呢？

1.2 走在迷雾森林

以下是一个职业迷茫者的真实案例，各位可以看看你们是否也有过类似体验。

你们好！我从事通信行业将近两年，至今仍然未找到自己的定位和今后的发展方向，恳请各位前辈指点迷津！

从 2009 年毕业入职到现在，我主要走技术路线。2010 年年底，公司新成立了一个谈点（注：谈点指同大楼、居民区业主协商完成网络布设站点建设，以沟通协调为主）项目组，领导要我去这个项目组做负责人，虽然我本意上是想继续从事技术类的工作，但是又不敢违拗领导的指示，最后接受了工作的安排。

这个新成立的项目组像是在做市场工作，和我以前的工作基本上是脱节的。这类工作经常会碰到一些难缠的业主，很多时候工作无法开展。现在项目组内人员极少，加上我才两个人，另外一个人的工作积极性不强，又是老员工，我很难管控他，现在项目才启动没多久，我已经觉得有点儿力不从心了。

敢问各位前辈，我是否有必要继续坚持下去呢？如果坚持，那我怎样才能管理好我的团队？如果放弃，我还有什么退路可走呢？

请指点迷津！

当我看到这兄弟的困惑时，第一反应就是：作为一个"跑龙套的"，他真的把自己当成了可供主角儿驱策的"跑龙套的"。即便内心有实实在在的需求，但是当主角儿占据他的心理疆界时，他就如同一个战士进入了迷雾笼罩的黑森林，怎么走也走不出去，一切可以定位的参考系全部消失。

他们不知道自己想要什么，想做什么。

有这样一句话：

"一定要按照你所想的去生活，否则，你迟早会按自己生活的去想。"

这哥们儿现在就是按他生活的去想。这样的话，他就进了一个怪圈，按生活的去想，"力不从心"，自然会发生。

他既然"本意上是想继续从事技术类的工作"，当领导让他从事其他工作时，他完全有理由、有方法拒绝，结果，"不敢违拗领导的指示"。

之后他又在纠结于业主的难缠、同僚的怠工，却并不仔细想想自己想要什么，自己能干什么。在外部环境困难多多，周边人士都不给力的情况下，最核心的，恰恰不是去关照外部，而是回归本心，问问自己。

当我们掉入自我的迷雾森林时，该如何是好？

1.3 转职：剑士？狂战士？弓箭手？巫师？

这是另一位兄弟的真实案例：

您好。小弟面临两个选择：一是给某设备商做项目助理。该项目这部分的市场份额很小，前景也不乐观。工作内容主要是整理文档，管理到货，也包括处理客户关系等。

另一个选择是去做网络优化，那个企业需要培养一批技术方面的骨干力量，从测试、处理投诉等方面做起，但要由团队根据项目需要和个人学习情况决定。

我希望能继续在项目管理方面有所发展，但目前很多项目管理岗位对技术有一定的要求，我不是技术出身，这是最大的短板，而且只有三年的项目管理经验，马上做项目经理，难度较大。我想如果去做几年技术优化，是否对将来再做项目管理有好处？特别是技术方面的项目管理？

但我又担心：第一是网络优化的市场前景如何？第二，虽然面试官讲他们希望培养自己的技术人员，不想从外面找较成熟的。但又……

去做项目助理吧，虽然是继续做项目管理这方面，但主要是做些文档、发货之类。我在原来的公司，虽然也是助理，但由于项目经理的要求，我有机会从整体上掌握整个项目管理的流程，只是现在这个项目份额萎缩得厉害，公司也越来越不景气。而我到这家新公司后就很难有这样的机会了。我也快奔三了，这样再过两年真怕自己会废掉。

可除此之外，一时又找不到其他更好的机会，恳请指点迷津，教我如何选择，感激不尽！

这段文字给人的感觉是很絮叨。不过如果在其中找出现频率最高的字，我发现就是"但"，我本来想干这个，但……可如果要那样，但又……

这是一个典型的选择决策问题，抛开他说的那些技术词汇，直接看他的情绪，就是两个字：纠结。

2009 年十大流行词汇，"纠结"榜上有名。到 2011 年它依旧热度不减，相信在未来会持续受青睐。作为职业规划师，我了解了很多在职业生涯方面有困惑的人，发现纠结的人很稳定地占据一个很高的比例。当有了两个、三个、多个选择的时候，人就会纠结，到底选这个还是选那个。

其实，除了职业，我们还会纠结其他更多事情：

我要嫁给阿土仔还是约翰·乔？

　　我要买城里六十平米小户型还是买郊区一百二十平米大户型？

　　十一旅游，去三亚还是丽江？

　　生个娃，去妇产医院还是就近去社区医院？

　　……

　　彭浩翔写了本书，书名叫《爱的地下教育》，封面上一句话很恶搞："你要吃巧克力味的屎，还是屎味的巧克力？"是的，职业、婚姻、买房……其实问的就是这句话。

　　你要吃巧克力味的屎，还是屎味的巧克力？

　　我想到了游戏中的那些战士，当他们到了一定级别之后，一旦具有转职的机会，就必然纠结。站在神圣的转职圣殿前，他们忐忑不安：我到底是做弓箭手、影子武士、剑士，还是做骑士、巫师呢？

　　弓箭手能远攻，可是会被近战的人砍到；影子武士攻击力很强，但是防御力很弱；做剑士？很稳健，但是也没什么突出的长处……反正做什么都是有好处，也有坏处。

　　为何就没有一个一身是宝的角色呢？

　　文能提笔安天下，武能上马定乾坤，进可攻，退可守。

　　难道连虚构的游戏世界也没有这样的人物吗？

　　此时，天空中出现一个声音："当然没有，再怎么也不能什么都给你，否则还要我做什么？"

　　唉，没这样的角色，没这样的职位，我该如何选择呢？

1.4 职业变化的不确定性

作为史密斯家族的后人，斯蒂夫已经从全大陆最有名的斗牛学校顺利毕业。他学到了精妙的刺击、灵活的步伐，甚至还有"凌波微步"的高阶身法，在学校里能一人对付两头急红眼的五百公斤重的公牛。他完全没有辜负史密斯家族"驭红牛"的传承。今后，他将继承家族光荣的斗牛传统，在这片大陆成为一名出色的斗牛士，上演绝妙的斗牛术，用刻有家族标记的家族弯头剑和沾有牛神之血的家族红布走遍整个大陆的各个斗牛场。生命将在此绽放。

但是，有人在反对斗牛。他们认为光天化日之下，如此血腥的场面已经与这片爱好和平的大陆不和谐了。他们说要爱护动物。他们说这样对待牛毫无人性。他们拒绝观看这样残忍的游戏。

斗牛场开始陆续关闭，看斗牛的人在逐渐变少。人们提出质疑："尽管我们爱吃牛排，但能不能让这些公牛幸福无痛地死去？"这类看法对斯蒂夫，不，对整个史密斯家族都是巨大的打击。这个行业难道要消失了？我该如何是好？我们赖以生存的绝技难道无用武之地了？

我们家族的未来在何处？

…………

上边这段话很像某个玄幻小说或某个玄幻游戏的文案。但是，类似的职业问题却在我们周围真实的生活中屡次发生。

现实中，斗牛这个职业也行将终结。新闻称：巴塞罗那于2011年9月25日举行了"最后一场"斗牛赛。至此，这项被称为西班牙"国技"

的运动将永久告别加泰罗尼亚大区首府巴塞罗那。2010 年 7 月，西班牙加泰罗尼亚大区议会投票决议禁止斗牛。加泰罗尼亚大区政府决定，从 2012 年 1 月 1 日开始，整个加泰罗尼亚大区将彻底禁止斗牛赛。

　　就在这块真实的大陆上。你是否也会有类似的提问：

　　"中资银行和信托公司，哪个更有前途？"

　　"外企好还是国企好？"

　　"我在做研发，要不要转到管理？"

　　"我想做产品经理，该怎么开始这个职业？"

　　"请问物联网会成为未来的新兴产业吗？"

　　"这个行业好像在走下坡路，我该怎么转？"

　　"我很喜欢快消行业，但是不知道未来怎么发展。"

　　……

　　这些问题中，出现最多的词是"前途"，这让我想到了庙前的卦摊不就是问"前途"的吗？不过，我还是很欣赏能问这些问题的人，他们对所处的行业和产业有过思考，并且对未来有强烈的目标。只是，他们在应对千变万化的产业变化和产业生态演进时有点儿犯嘀咕：别进到一个没啥前途的行业，一步慢，步步慢。

　　以当下最流行的互联网行业为例。2005 年，SNS（指以开心网为代表的社交网络）、WIKI（指维基百科）、RSS（指在线阅读器）、BLOG（指博客）之类的技术、工具和插件还只是被称为新兴互联网技术，无人知晓；过了短短六年，我们已经离不开它们了。那么，设想一下，再过六年，还会有什么东西出现在这个领域？当微博、微信出现并迅速发展时，有人甚至断言，曾为电信业带来巨大收入的短信，会如同十年前的电报一样，走向坟墓。

其实，这背后，产业的发展和变革是有规律的。**如何抓住产业变革规律，选择好发展的方向，比知道某个产业是否有前途重要。而更重要的是，当变化产生时，我们如何应对？**

如何对变化做好准备呢？

1.5 不行动的智多星

想法多的人，执行力就差。

这似乎是个常态。

很多人对自己的认识很深刻，知道自己喜欢什么，自己能干什么，也知道自己的性格。同时他们对产业的发展也有认识，他们知道，哪个细分行业更有发展，他们甚至有目标企业、目标职位。

但是，当出手的时候，他们的借口就冒出来了：

去大企业？不知道人家要不要……

去其他行业？也不了解那些行业啊……

留在这个企业里？似乎不错，但是觉得不痛快……

去读书深造？风险很大……

…………

之后，就只好留在这个公司里难受地活着。其实，留下并不意味着选择错误，而没有决策、没有行动，最后带来的是情绪上长时间的难受，这才是问题所在。如果一个人想毁掉自己的一辈子，那恭喜你，就这样下去吧。

我称这类"跑龙套的"为"不行动的智多星"。他们很爱思考，很爱琢磨，今天一个主意，明天一个点子，后天一个方案。但是他们从来也不为这些主意做点儿什么，就是想出来，跟别人唠唠嗑扯扯淡，然后就结束。拜托，你就算没法实现自己的想法，写个专利也算是有知识产权，写个论文也还算是个著作呢。

不行动的"智多星"

按照心理学的研究，当一个人想法很多时，他的大脑就会欺骗他，让他认为他想到的都实现了，然后他看上去就很有成就感。

相当一部分人是在充分计划之后动手的。但是，在现今的社会，这种路数有点儿不吃香。事实已经证明，市场经济的社会发展总好过计划经济，也因此，通过快速执行试错，让市场确定方向的人总是会比那些计划充分的人更快实现目标。

那么，如何才能实施行动呢？

1.6 给你的职业加点儿"魔法"

如同所有戏剧、游戏、小说一样，在现实生活中，我们99%没有可能成为那个社会环境的主角儿，而只能是一个"跑龙套的"。于是，我们愤怒，为何我们做不了主角儿？我们心力交瘁，不知如何应对主角儿那么多的要求；我们纠结，有了选项该怎么选；我们迷茫，本来是被社会安排干这一行的，为啥社会一变化，我们就崩溃了；我们怀疑，还是做个被主角儿要求的群众舒服。**当我们把自己视为无能为力的"跑龙套的"时，我们就只好迷失在这个圈子里，跳不出去。这似乎是我们职业的"魔咒"。**

于是，我们自然而然想到了，职业这点儿事，是否需要规划一下。看看有什么"魔法"来解除这个"魔咒"。

"如果真的有魔法，那职业'规划'就成职业'鬼话'了。"在我跟一个朋友聊起这些的时候，他有点儿不屑地说了这句话。

不过，作为一个有几年经历的职业规划师，这句话倒是让我觉得挺有意思的。在那天晚上，我越想越好玩儿。你还别说，我们的职业还真的似乎需要那么点儿"魔法"。于是，我就写了这些文字。

各位不如就听听这职业"鬼话"，看看我们的职业生涯，到底有什么"魔法"。

第二章

风系：吹散迷茫

"我感觉好迷茫!"

"迷茫"是关于职业生涯的问题中出现最频繁的词汇之一。几乎所有人都时常有迷茫的感觉。

不知道自己能干什么。

不知道自己想干什么。

干什么都没什么兴趣。

似乎我们在职业生涯中遇到了迷雾,不敢钻进去,因为前边的未知太过强大。此时,我们的眼睛就会去关注外界,看看报纸、杂志都是怎么写的,听听家人、朋友、上司、同学都是怎么说的。而此时,我们就忘了自己,忘了自己的来时路,忘了自己的真实愿望是什么,真实兴趣是什么,真实能力是什么。

这个魔法是风系魔法,用风的力量找到自我,吹散迷茫。

2.1 把自己丢了

有这么一个脍炙人口的笑话：

联合国在一次儿童节时对各国儿童代表提问：

"请你就其他国家的食品短缺谈一下自己的看法。"

结果大家都交了白卷。因为拉美人不知道什么叫"请"，美国人不知道什么叫"其他国家"，非洲人不知道什么叫"食品"，欧洲人不知道什么叫"短缺"，中国人不知道什么叫"自己的看法"。

这个笑话把中国孩子讽刺得够呛。多数中国人的生活往往是从小被别人规划好的。

当我们两三岁，想自己端杯水的时候，一个声音会突然说："别弄洒了，我来！"想自己洗衣服时，一个声音会突然说："把身上都弄湿了，我来洗！"想试试剪刀剪纸的感觉，一个声音又会突然说："你咋把挂历给剪了，再剪我削你！"

然后我们也就自我催眠：不用操心，大人会替我们做一切的主。就这样终于到了十二岁，青春期来临，我们内心需要再次反叛，以让自我之花重新盛开，但那些奥数奖状、钢琴证书和各种期中期末考试成绩开始静悄悄地开放，一堆声音又会在旁边说："你要是不好好学习就考不上重点高中。""你要是不好好学习就考不上好大学。""现在没有硕士文凭根本找不到什么好工作。""家里给你找了一个当地事业单位，还是回家工作吧。"

不单单是家庭，周边的环境也在替我们做主：当你准备下一年在你已经干得不错的项目上大展宏图的时候，你的上司把你叫到了办公室："小孙，昨天李总来视察，提出要做好设备维护、设备自适应工作。这样，你过去那个项目就先放一放，马上开始立一个设备检测的项目，我给你配资源，要快，否则让 B 部门抢了先就晚了。"然后，你作为上司的得力干将，就不得不接受这个你既不懂又不愿干的事；当你对工作高度不满时，你往往会去找自己的闺密发小儿等好朋友一起去品品茶、喝喝酒，你猜他们会怎么跟你说："如果我是你，我就跟领导吵了！""如果我是你，我就忍了，得供房啊！""如果我是你，我就辞职，开个淘宝店！""如果我是你……"当他们说"如果我是你"的时候，你就又有了被朋友"做主"的感觉。

于是乎，不是我们不知道"自己的看法"，而是我们把那本来可以觉察、可以体会、可以表达的"自己"给忘了。

我的一个朋友在一家软件企业工作了十余年，升到了中层市场部总监的岗位，但却越发迷茫，他觉得工作很没劲儿，做的很多营销策略、营销事件、市场推广以及市场发展的游戏违背他的本心。他将矛头对准了企业的老板，很多时候他会向我抱怨企业的种种问题，老板的家长式管理、刚愎自用、外宽内忌。说实话，我挺接受抱怨这种方式的，抱怨是个不错的情绪出口。不过，当他跟我抱怨了很多次的时候，我问了他一句话：

"那你觉得，在这家企业做，对你来说，最重要的是什么？"

他本以为我会跟着他一起鄙视这个企业和这个企业的管理层，这个突然的问题让他发蒙，但后来他觉得这是个好问题。

而对于迷茫，我们一般都不会回归到本身来思考，而是采用另一种看似不错的方式。

跟别人比。

当我们突然"忘了"自我的需求、拥有和感受，陷入迷茫。但是，谁也不愿意长时间处于迷茫状态，我们自己的身体会自动地抗拒这个状态。于是，大脑就自动找方法，不幸的是还真找到了这个方法，即用别人的期待和要求来做比较。**一旦无法满足"他们"的期待和要求，一些人会变得自卑，觉得自己一无是处；另一些人发现自卑无法接受，就把自卑投给对方，去指摘别人。同时，我们也乐此不疲地给别人提出期待和要求，希望别人能按我们期待的模式过日子。**

2011 年 5 月时有一则新闻："芙蓉姐姐"瘦身成功，85 斤都不到。实际上，大众对"芙蓉姐姐"的关注，就陷入了这种比较模式。当年芙蓉姐姐以一种夸张的姿态在网络出现，我们大众是如何评价她的？是用嘲笑、妒忌的眼光来看待她，内心语言大致如下：

"你尽情表演出丑吧，看你能横行到几时。别看今年闹得欢，小心将来拉清单。"

在我们漠视自我需求和感受的时候，正好出来个芙蓉姐姐来让我们尽情比较。我们给自己建立了一个比较模式，还要把这个模式传递给芙蓉姐姐。我们希望她会按我们想象的模式曲终人散，灰头土脸地收场。多么刻薄和恶毒！

而出乎意料的是，芙蓉姐姐并没有按大家预想的模式结束，而是按照自己想象的去做：写作、跳舞、主持、做公益……从 2004 年出名到现在，已经如是生活了七八年。也许，她的一些行为依旧夸张，甚至还有点儿表演的痕迹。只是，通过她的表达，我可以猜到，她对自我需求、自我拥有、自我感受能够觉察和认识。正因如此，她才没有按照大众期待的模式活下去。

她从未伤害过别人，可为什么大多数人却对她这么刻薄？是因为，当没有能力聆听自己的需求和感受时，大家就会对那些能认知自我的人产生莫名的怒火:"凭什么她能这样活着?她竟然偏离了我们对她的预测?"反之,当我们能聆听自己的内心时,这个比较模式就消失大半。人们对于芙蓉姐姐,不仅不会产生嘲笑鄙视,还会接纳。

关于中国人缺乏自我认知这个问题的深度原因分析,那些家庭层面、社会层面、政治层面、哲学层面、历史层面的原因,在此不能说得那么细。尽管那些"你们懂得"的原因一直存在,但是作为已经进入某职业的人们,在迷茫时,是去选择恶毒的"比一比"呢,还是选择安静一会儿,给自己一点儿空间和时间,体会一下自我的需求和感觉呢?

2.2 梦想那个"贼"

当我问很多人:"五年以后你想要成为什么样?""十年以后你想要成为什么样?"多数回答无非以下几类:

一、嬉皮笑脸:"成为有关部门领导。"然后用一种心照不宣的眼神看着你。

二、同样嬉皮笑脸:"中十亿大奖,拥有超能力,修仙。"让人瞬间石化。

三、微笑,沉默,顾左右而言他。

四、很直接:"孩子上个好小学,再上个好初中,以后找个好工作。"

之后我会再问:"那一百年以后你想要成为什么样?"在他还没来得及回答时,我就直接说:"会有一个小盒子,里边装着你。还有你想要的一切，十亿、美女、车子、领导……不过都是纸糊的，然后烧了。"

其实，他们这样的回答并不荒唐。我相信，当他们做出这种回答时，脑袋里甚至会出现一闪念，就是那些年轻时想成为的样子。只是，当面对社会现实，无力感产生时，梦想就会妥协！

听过这个段子吗？

二十岁，有贼心，没贼胆儿；

三十岁，有贼胆儿，没贼心；

到了四十岁，贼胆儿贼心都有，但是贼没了。

这个贼是什么？是激素？是欲望？是快乐？是内啡肽？

梦想，就是个"贼"。

有没有人记得二十岁那年的"贼"？二十岁，美好的青春。

有些人是文艺范儿，背个吉他在草地上弹唱，想以后出自己的唱片；

有些人是商人范儿，在淘宝开个小店，卖些时尚服装，赚的钱刚够每个月去趟麦当劳，想着以后小店做大，开分店，再开分店；

有些人是行者范儿，一到周末就背着登山包、睡袋、帐篷，去山谷穿越，想着以后到更神秘有趣的地方探险；

有些人是文学范儿，在起点、榕树下构建自己的世界，享受表达的快感，想以后写个几百万字，坐拥百万读者；

有些人是运动范儿，参加各种球队，训练比赛从不缺席；

有些人是表演范儿，在学校的话剧社团、演讲社团打磨自己的节目，等着有什么活动的时候出来秀一把；

…………

这些"范儿"和他们内心的"贼"蠢蠢欲动，希望能在某方面有所成就。

在临近工作时，我们发现，生活压力如此之大，找个工作刚够糊口，住的是几平米大的地方，无论蜗族（租一个小房）还是蜂族（租一个小房间）或是蚁族（租一张小床），反正都是"虫族"。实现梦想？那可能要一辈子做"虫族"！先干点儿靠谱的事情好吗？

工作了五年八年，上升到某个职位，手里有点儿闲钱，是时候谈婚论嫁、娶妻生子了。此时，有点儿想跟梦想玩儿玩儿的胆量。不幸，这天，上司把你叫到办公室："现在有个项目，你做负责人，带你的队伍好好干，年底一定干出成绩来，年终奖不会亏待你。"我们想到了年终奖，想到了能快点还掉三十年的房贷，赎出自由身；想到了孩子喝的进口奶粉、用的进口纸尿布一个月要三千块。于是一咬牙，把本来想说的半个"不"字咽到了肚子里，一口应承下来，开始了加班出差之旅。实现梦想？我已心有他属。

这样忙了二十年，有的人老了，有的人还是老样子，不过大家都有点儿老子样了。混得一般成功的，孩子上了中学、大学，房贷也看到了希望；如果进的是国企、当的是政府公务员，手里还会有点儿小权力。此时，我们是在焦虑公司里的帮派斗争，还是因家里老人养老送终而添了一丝白发？抑或在为孩子小升初、高考报志愿而四处奔波？甚至是纠结于原配跟小三儿的剑拔弩张？

此时，是否还能想起大学时的那些范儿？

梦想？不好意思，戒了！

再然后，就没有然后了……

是的，这关键的几十年，我们内心的那个"贼"折腾来折腾去，从来也没真的作过一次"案"。

梦想是个贼

为什么？

因为有一个声音告诉我们，你的梦想跟现在的社会现实格格不入，它只能是一个"贼"！既然是贼，自然不会有胆说、有胆做，慢慢甚至不会有心去想。这个声音，往往并不是来自于我们的敌人，而都是来自于我们的亲朋好友。

这是一段真实的对话：

小华：我在做一些关于梦想的事。

小军：靠，《老男孩》看多了吧！

小华：呵呵，跟你说梦想，就跟讲冷笑话一样。

小军：在追当年的情人？

小军：你有什么梦想？现在不就是要多挣点儿钱吗？

小军：有梦想的人都不幸福。

小军：有太多的放不下。

小军：自寻烦恼而已。

如果仔细分析，我们是否看出，小军内心似乎有更多的声音。与其说小军是在说服小华，不如说他是在无意识地说服自己：我也有梦想，但是不靠谱儿，跟现实比起来，想那些不是找罪受吗？

你是在扮演小军还是小华？

现实真的就是这样。钱、房子、车、老婆、孩子……然后你还得小心 CPI（消费者价格指数）猛增之后手里的钱是不是贬值了，小心别哪天回家之后房子上画个大大的"拆"字，小心老婆今天跟你说去逛街又看上了一个 LV（源自法国，奢侈品品牌之一）的包想买，小心孩子的幼儿园说要增加外语课每月多收一千块。为了现实，让梦想这个"贼"千万别动弹了。

我真的并不是否定现实，否定我们为了现实而奔命。即便那些真的要去实现梦想的人，包括我自己，都会为了现实而付出。

但是，你有没有想过，到几十年后，你退休了，行动不方便了，那个时候，你的生命似乎缺了什么，似乎有些事情没做而成为毕生的遗憾了。那时真的想做一回"贼"，但是"贼"再也来不了了。

也许梦想和现实相差太多，但是，如果梦想就是现实，那谁还会在乎梦想？

此时，你恐怕被我的梦想之说所打动，甚至想不惜一切代价，冲出现实的藩篱，直扑当年的梦想。你甚至会觉得，自己也是一个纯粹的梦想者。

但是，我这里有一个不幸的答案：

强调梦想对人的价值并不意味着放弃现实。

有另外一些人，完全抛弃现实，执着地追逐自己的梦想，不惜牺牲自己、家庭、朋友，甚至"一将功成万骨枯"。那种纯粹偏执的追逐更加可怕。记得一句名言，"不择手段，追求最高道德"，多少"梦想者"拿着这句名言激励自己。殊不知，更多人只学会了"不择手段"，却都把自己认为的梦想当成了"最高道德"。而手段，即过程公正，是必须高于"道德"的。

因此，我们每个人都需要对自己的梦想有更清晰的认识。

● 它靠谱儿吗？

梦想十年赚一亿？梦想成为大将军？梦想成为著名演员？

一旦让每个人打开梦想，就一定会有很多人为了获得极大的成就感而做这样的梦。但是再看看自己的现实，则发现差距不是一点儿半点儿的远。与其说这是梦想，毋宁称之为"妄想"。其实，人们都有这种心理，当发现自己无法改变现实的时候，要么委身于现实，沦为功利主义者；要么在内心中树立一个遥不可及的目标，一个"伟大光荣正确"的形象，以掩饰自我的恐惧。

所以，要找一个在现阶段可以达成的梦想。

● 它善变吗？

提到梦想，就会想到童年那天真的梦想，五六岁时大家都觉得要当科学家，上学之后又都觉得当老师管学生很来劲儿，看了黑社会电影发现做黑老大很风光，如果是球迷又有当体育明星的念头，周日逛街又发现开个咖啡馆很小资……这样的梦想，当外界影响发生变化时，就必然会发生变化。这样的梦想，真的只是昨夜的一场梦而已。

所以，要找一个比较稳定的梦想。

● 实现的方式影响其他人吗？

你实现梦想的手段是什么？

是靠理性的独立思考、持续不断的自我学习、真诚的沟通、互惠互利的共赢合作、主动试错的创新精神，还是靠打鸡血般的励志、高喊努力奋斗的成功学、残酷无情的党派斗争、抛家弃子的疯狂投入？

梦想并不是机场书店的电视屏幕里的口号，也不是为达目的不择手段，更不是为了所谓的"梦想"而妻离子散。实现梦想，需要更"和谐"的方式。

当我读到哥白尼直到临死之前才把日心说手稿公之于众，当我读到伽利略在罗马教廷的淫威下选择妥协，之后被软禁八年写出力学与自由落体定律的《两种新科学的对话》。我觉得，能够在残酷的现实面前适时妥协来靠近梦想的人，更值得尊敬。

所以，找一个可以以合理方式来实现的梦想。

当思量好上述问题时，我们就能找到真正可实现的梦想。它们稳定、具体、可分解、有可操作的方法、手段公正、依托现实。这样，我们就能切实地为梦想做点儿什么。

在关照现实的同时，别忘了为自己的梦想做点儿什么。

2.3 真兴趣和伪兴趣

在职业生涯中，很多人都会讨论到兴趣的问题。

有人说："兴趣是最好的老师，所以要从事自己感兴趣的职业。"

有人说："兴趣永远不能成为职业，兴趣只能是业余的。"

还有人说："我对很多东西都感兴趣，我喜欢历史、心理、摄影……除了我的工作。"

……

那么，什么才是兴趣呢？

作家王小波在他的一篇文章《我为什么要写作》中有一段话：

"有人问一位登山家为什么要去登山——谁都知道登山这件事既危险，又没什么实际的好处，他回答道：'因为那座山峰在那里。'我喜欢这个答案，因为里面包含着幽默感——明明是自己想要登山，偏说是山在那里使他心里痒痒。"

这段话把"兴趣"解释得很透彻。

兴趣就是明知道没什么实际的好处，还心痒痒的感觉。

用更理论的话说：

真伪兴趣的区别是：在做某事时，是以追求外部结果为导向，还是以享受内部过程为导向。

小芳喜欢做市场策划，是因为干这个有不错的收入，还是因为做这个事很光鲜，回家跟父母邻里说起时有面子，抑或因为其恩师曾经说过："你适合做市场策划。"

这是纯粹的外部结果导向，职业的目的是为了收入、为了面子、为了别人的赞美，只有有这些结果，才能感到快乐。而更关键的是，这些结果，并非做市场策划本身带来的内部结果，而是由于社会环境、文化、他人而构建出来的外部结果。一旦遇上新的环境、新的文化、新的社会价值，这些环境、文化和价值并不认为该职业能有高收入、有面子，那由之而来的兴趣就会荡然无存。

想象一下部分对收藏感兴趣的人。假设，一个喜欢收藏各国钱币的人，倾家荡产搜集了大量钱币，当他的那堆藏品因为市场的波动而暴跌，他是否还兴致盎然，乐此不疲？

这些人其实不是对收藏感兴趣，是对财富的增值感兴趣。

那么真正的兴趣，则是以享受内部过程为导向的。

同样，上述那个喜欢做市场策划的小芳，如果她真的完全喜欢市场策划的过程，完全沉浸在策划时对客户群、产品的思考分析的过程中，并享受策划出来的方案被客户认同并埋单的成就感。那么这样的兴趣才是真正的兴趣，才是不在乎"什么实际的好处，但一想到就心痒痒的感觉"。

同样还以收藏为例，如果一个收藏者，对自己的藏品价格并不关心，而只是很在乎藏品本身，比如每个藏品都有一段故事，或者从自己的角度看它们都很有感觉，这样才是对收藏有真正的兴趣。如果这么看收藏，那几乎一切需要标价的收藏都不能算作兴趣，真正的收藏家并非《鉴宝》里的专家，而是小孩儿。如果你仔细观察的话，孩子们会收藏那些"破石头子儿""碎玻璃碴儿""小塑料勺儿"之类被大人视为垃圾的东西，他们甚至十分享受这种"收藏"，经常拿出来这儿摆摆，那儿弄弄。孩子才是真正的收藏家。

所以，真正对某事或某行为有兴趣，则是完全投入其中，享受这件事本身所带来的刺激和事件本身所带来的成果。这让我想起王力宏的歌词：

忘了时间忘了我。

兴趣就是这感觉：忘了时间忘了我。

此时，想想那些你感兴趣的事物，看都有什么是能够让你完全享受内部过程，忘了时间忘了我的：

玩网游、逛街、打麻将、斗地主、看韩剧、偷菜、刷微博、吃饭睡觉打豆豆……

你的额头是不是出现了七道黑线？

好吧，这里我说点儿"鬼话"，提供一个定位兴趣的简单方法：

1. 我是更喜欢跟人打交道还是更喜欢跟事物打交道？

2. 我是更喜欢做具体案例型的工作还是更喜欢做抽象概念型的工作？

3. 这其中，可否找到一些"忘了时间忘了我"的事情？

如果对这 3 个问题有个相对清晰的定位，那么就可以大概定位出感兴趣的事情，乃至感兴趣的职业。

比如，一个客户找我咨询，她其实特别喜欢跟人沟通，喜欢通过与人的协调来完成项目，喜欢一个个具体的工作。她感兴趣的估计就是参加各种社区和组织的活动、市场拓展、销售、项目管理这样的事，结果她学了七年的计算机，研究生毕业，为了安稳找了一份专利审查的工作，每天必须面对黑压压的专利文字八小时，工作中几乎没有跟人交流沟通的机会，要多郁闷有多郁闷。经过沟通，她决定利用业余时间更多参与社会上的社团活动，进而了解那些跟人打交道的行业和职业。至少在八小时之外享受自己的兴趣。

再比如，另一个客户来找我咨询，他在通信营业厅负责接待陌生客人。可是他却特别喜欢跟具体事物打交道，而且喜欢制作工具、完成软件代码这样具体的工作。现在这份工作是父母为其稳定而找的，他很厌烦。当我跟他谈到他要开发的软件时，他的眼睛一下亮起来，说话速度也加快了，明显就是搞研发的命。考虑到他刚工作不久，他的下一步规划是：无论怎样先做好本职工作，找到这其中有意思的地方，然后在业余时间针对某类软件做开发研究。

但是，这事还没完。

很多有职业困惑的人都会跟我说："我对我正干的工作没兴趣，我真正感兴趣的是（　　）。"（括弧用于填各种行业和职业，如经济、金融、心理、传媒、人力资源、市场、开发、酒店试睡、手模特……）他们觉得他们在做自己不喜欢的事情，梦想无法实现，工作不快乐。

只是，当我再问他"真正感兴趣"的内容时，比如，我会问："你对金融感兴趣，能谈谈凯恩斯和亚当·斯密吗？""既然你对心理感兴趣，斯金纳箱是怎么回事？""既然喜欢传播学，那了解麦克卢汉吗？""既然你喜欢编程序，最近用什么代码编过哪些程序？""喜欢做市场，那销售你的产品时，你会用什么手段？"多数状况是被提问者会无语，或者所答非所问。

须知，我问的问题，如果涉及专业知识，都是我临时谷歌、百度出来的，应该是最典型、浅显的入门知识。而如果涉及相关技能，也都是最基本的专业技能。但是，即便如此，依旧让我很不好意思，以为问题过于艰深。于是，我只好再问一句话："那你现有的工作，做得怎么样？"对方通常会这么回答："因为没兴趣，所以自然干不好。"

这些人，似乎找到了兴趣，但是却对他们认为"感兴趣"的内容不太了解，这让人觉得很怪异。

1. 我们对一件事情感兴趣，往往不是因为我们了解它，而是因为我们不了解它；

2. 说"对工作没兴趣"往往是逃避我们没能做好自己工作的借口。

你是否发现其中的一个因果悖论，到底是因为没兴趣而做不好工作，还是因为工作做不好而没兴趣？

不光工作，生活中很多事情，甚至娱乐都会有这样的状况。三缺一的时候，那些牌技差的人都说不喜欢玩儿牌；打球凑不够人的时候，那些球技差的人都说不喜欢打球；体力不好的人，都说不喜欢背包游。那么我们换一个角度，如果你的牌技好、球技好、体力好，是不是还会说不喜欢玩儿牌、打球、旅游呢？

这是我听到的一件真事：小华的台球水平很差，全无基本的姿势和杆法。因此，从上中学到工作，别人打台球，他很少参与，然后会说："我不喜欢玩儿这个。"后来，一次心血来潮，他被一个同样很一般的人打了一个零比八。一怒之下，他找了一个台球厅的教练，给他几百块钱专门练了一个月，就是单调的摆姿势、出杆。基本姿势成型，就可算作入门了。之后再跟一些人打球，至少有些模样，而且他开始赢局，甚至偶尔还会一杆收。于是，当别人问他有啥爱好时，他会说："还挺喜欢台球。"

因此，除了对兴趣定位的三个问题，可否再想想自己的兴趣。再问自己最后一个问题:"我为我的兴趣投入了多少时间和多高的专注度?"

如果真的对这个事情、这个活动感兴趣,会很难遏制自己去了解它的冲动。开始投入时间,就自然会发现其中的好玩儿之处。也可能,很多兴趣会止于此。因为最初几十个小时的好玩儿之后,接下来的将是一系列的挫折和枯燥。

不喜欢,没兴趣,往往并非源于兴趣本身,而是因为开始产生的挫败,或其中出现枯燥的地方,导致之后不愿意做,但为了给自我行为的合理化而找借口。

回到职业上来,任何一种职业,任何一个梦想,都会带来挫败,都会有枯燥的地方。因为挫败和枯燥而不愿继续投入时间和精力,选择放弃,转而想做另外的事情,美其名曰:"我对那些事才感兴趣。"然后继续上述循环,最后发现很多事情都做不好,于是摆出一副沧桑的面孔:"神马都是浮云!"

所以,无论是否真的对自己的本职工作有兴趣,我们至少要超越最初的挫败,拿到初步的成果。否则,没有人知道我们到底对什么感兴趣。

同时,对于兴趣,我分为四大级别:

1. 入门级(NOVICE)

所谓"入门",指至少掌握了某一事物的基础知识。如果是学科类兴趣,如历史、语言、经济,那怎么也得了解入门知识;如果是技能类的兴趣,如乐器、球类、编程、机械、写作,那怎么也得会最基础的技能操作,能够完成最初级的作品。比如,乒乓球会拉弧圈,可称为入门;独立开发一个小的应用程序,可称为入门;开淘宝店有上百单生意,可称为入门。

2. 业余级（AMATEUR）

业余，顾名思义，就是把工作之余的时间投入到兴趣中。如果能达到业余级别，怎么也要花几百小时了。除了掌握事物的基础知识，在该领域还能有自己的独到的观点、成熟的作品。比如，对某段历史深入研究，写了一些有深度的文章；能根据乐谱弹奏一般难度的乐曲；完成近万行的程序代码，实现某个应用功能；自己做了一把餐椅；完成两个小时的演讲……

3. 票友级（SEMI-PRO）

票友和业余的最大差别就是：票友能够粉墨登场，甚至达到专业级别。最典型的票友莫过于《霸王别姬》里的袁四爷，这部戏有个桥段，他跟段小楼争论霸王出场到底是该五步，还是七步。足见这位爷的专业度。换句话说，票友级已经将兴趣修炼到了专业水平，只是这些人依旧有自己的本职工作。在京剧中，有不少名家就是票友下海而有所成的。因此，如果兴趣能达到票友级水平，则差不多可以将兴趣转化为自己的职业了。

4. 职业级（PROFESSIONAL）

职业级最易理解，就是真正把自己的兴趣变成能力，能通过自己的兴趣来赚钱了。这样的人，一般都要花个三五年时间培养，从入门到业余再到票友，除了能力有成，还要熟识相关的人际圈。

5. 世界杯级（WORLD CUP）

虽然我分了四个级别，但仍旧禁不住要谈谈兴趣的最高级——世界杯级。在《异类——不一样的成功启示录》中提到过一万小时定律，即如想成为某个领域少数的卓越者，必须经过一万小时的训练。如果按每周二十小时计算，则需要十年。其实古人早就有此预料，贾岛有诗曰："十年磨一剑，霜刃未曾试。"因此，如果真的想成为个中高手，华山论剑，一万小时可以搞定。

2.4 能力：我该拿什么换金币

这是多数玄幻小说以及角色扮演游戏常见的路数。

当主人公学成一点儿武功刚刚下山，还不被其他人所认同时，他们首先要做的是赚钱养活自己。此时，一个神秘的地方"职业工会"就出现了，该工会会发出任务要求，各种自称为战士的人都可以接这些任务，完成任务就可以换来金币。如果任务级别高、难度大，则奖品也很诱人，从金币上升为金砖、钻石、月光宝盒。后边的故事则显而易见：主人公一般会挑战那些最难的任务，然后就像撞了狗屎运一样完成任务，拿到金币，声名鹊起。

这其实和我们的工作很像。因为我们跟职业就是一场交易。

这话很是赤裸裸，但是任何企业都不会需要不能给它带来价值的员工。所以，在企业家眼里，我们除了是一个人，还是一个产品或"资源"。要不为什么公司里管理人的部门叫"人力资源"，就是因为员工本身就是资源，就是产品。

作为一个产品，你能给对方提供什么价值？

● 关系

直接说就是"拼爹"。你给企业的价值不是你自己的价值，而是背景好，这个背景能给对方带来价值。当然，对那些没有什么背景，只有一个背影的人而言，在羡慕嫉妒恨的同时，更应该把自己的剑磨得快一点儿。别太倚仗关系，因为这个背景其实和我们自己无关，如果我们自己没有其他什么价值的话，在所有人的眼里，那同一个傀儡又有何两样。

● **能力**

如果你剑术高超，去职业工会自然可以接难度高的任务，换得更多财富以及全王国都瞩目的名声，甚至还有公主的委身相许。同理可得，如某方面能力卓著，那同样会有企业抛橄榄枝，如果这方面能力特别有用，那就属于到哪里都有饭碗的人，俗称铁饭碗。其实，多数人没有好爹爹好舅舅，不能卖身体，能力就成为他们换回金币的"武器"。

关于能力的研究，在心理学书籍里数不胜数。认知理论、多元智能理论、三维结构理论、流体晶体理论……咱们不谈那些不好玩儿的学术。咱们从几个最直接的问题入手。

1. 你认为自己有什么比别人强的地方吗？

这个小标题十分贴切，再重复一遍："你认为自己有什么比别人强的地方吗？"这句话有几个关键词：比、地方、认为。

比：用一句市面上最流行的话来说就是"人无我有，人有我优"，再用一句更口水的话来说就是"一招鲜，吃遍天"。走江湖混社会，知道自己的那一招很重要。随便百度、谷歌一下，就可以看到，能力分很多种：动手能力、身体协调力、记忆力、应变力、洞察力、想象力、亲和力、沟通力……我们往往在某一方面的能力比人强一些。

但是，我更要强调的不是"比"，而是后面两个词。

地方：选好你的比武场。如果觉得自己记忆力强，跟一堆能背圆周率几千位的兄弟比谁记得多似乎是最典型的比法，这么玩儿自然是正中之正。但是谁都知道，在高手如林的地方，我们得是超强高手才能脱颖而出。此时，你有没有想过换个比武场，跟想象力强的人比记忆力，跟记忆力强的人比应变力，跟应变力强的人比沟通力……这样，我们就可以如某个著名演员那样自夸："聪明的人没我漂亮，漂亮的人没我聪明。"

认为：我做过很多咨询，发现很多人并非缺少某种能力，而是不认为自己拥有此种能力。

过着屌丝般生活的小林对自己的能力缺乏自信。在咨询过程中我发现了他的一个行为细节，他穿得很干净，当手机铃声响起时，他从书包里拿出手机，仔细看了一眼，接电话，结束后又看了眼手机，放回包里的某个夹层，把书包的扣仔细扣上。此时我突然问他一句话："你是不是特喜欢收拾，你的电脑桌面上是不是很干净？"经过后边的沟通，他也知道自己是典型的"细节控"，这算啥能力？但是细节控往往都是测试强人、时间管理高手和内务总管。

小威总是不太清楚自己的能力在何处，但是这样一个场景让我有所发现：他很爱玩儿电脑上自带的扫雷游戏，扫除九十九颗雷平均用时六十多秒。他在讲述自己的扫雷过程时眉飞色舞，说特别是边打电话边玩儿扫雷，往往能玩儿出四十多秒甚至更快的成绩。我说这就是能力，他还很怀疑地说："这不就是玩儿吗，算啥能力？"扫雷其实体现了计算力、决策力和短期聚焦的能力。

很多理工男、理工女认为能跟人打交道很没"技术含量"，觉得这算什么能力；一些军人转业后也颇为自卑，觉得在军队里待了这么长时间，到社会上成了没用的人，殊不知一旦出现紧急状况，他们的快速应变能力就体现出来，这能力可能救命；更有千千万万被考试忽悠了的人认为只有通过了考试才能算是有能力。

我们不觉得自己在某个方面的特长是能力，是因为我们感到做这件事如此轻松，轻松到我们认为所有人也跟我们一样拥有这种能力。

2. 能不能让这个绝技在职场中运用？

有人说："我玩儿'水果忍者'很强，总能一分钟得八百多分，我总不能拿这个能力当职业吧？"有人说："我家收拾得特整齐，我一个研究生总不能做小时工吧？"还有人说："我可能也就是逛街特会砍价，这技能也不能拿来吃饭吧？"有时，即便我们知道这是能力，也不晓得如何用在职场上。

我知道很多人对网游反感，但是 *PC WORLD*（月刊，全球性 IT 专业杂志）高级撰稿人的一篇《如何用游戏点亮你的工作简历》却写出了一些让我们大跌眼镜的话：

"马萨诸塞理工学院教育娱乐计划主管兼合作教授埃里克·克洛普弗（Eric Klopfer）却表示，目前有多项研究都着眼于人们在游戏中所能获取的实际能力，她通过威斯康星大学的一项课题研究证实：人们在玩儿《魔兽世界》的过程中学习并实践了各种实用技能——数据收集和分析、协作精神、计划制订、资源管理与分配，甚至团队激励和管理。"如果把"魔兽世界"四个字忽略掉，以上任何一项能力写在你的简历上都会让招工单位的人事经理眼前一亮。

同时，这篇文章还列举了一系列可通过玩儿游戏获得的能力，如：

《魔兽世界》的公会还能锻炼团队领袖的魅力；

《辐射 3》可彰显优异的沟通能力；

《彩虹 6 号：拉斯维加斯 2》以及大家耳熟能详的《CS》则正锻炼了团队和信任；

《口袋妖怪》则要求细节分析的能力；

《文明》及《模拟城市》则让你"Able to See the Big Picture"，即"掌握如何制定蓝图并考虑从大局到细节的构成实施"。

相信很多 90 后看到这段话会欣喜若狂："总算找到玩儿游戏的理由了。"而他们的父母则有点愤怒："都上瘾了还说对找工作有好处？"不过，不可否认的是，其实在某种程度上，游戏是真实世界的映照。也因此，游戏中锻炼出来的能力自然在真实世界中有所体现。

无论你有什么能力，这些几乎都能在职场中得到体现：

收拾东西的能力，做行政、运营、程序测试等细节工作绝对是好手；

能砍价，快别委屈自己了，你是个谈判高手；

"斗地主"总是赢，这属于能应对模糊情景，结合好的沟通能力就是个很有能力的项目经理；

掌握营养学知识，那给同事和上司提供一份营养菜单吧，别人会离不开你；

…………

所以，当知道自己的某种能力很强的时候，想想如何用在职场上。

如果是知识型能力，则为职场人士分享知识；

如果是技能型能力，则归纳成一些通用技能，用于职场。

4. 如何应对能力弱项？

有个经典的原理"木桶理论"：决定木桶容积的是这个木桶的短板。由此，很多人认为，一定要弥补自己的能力弱项，这样才能在职场中有所发展。

可是，你有没有发现，如果把木桶倾斜过来，那么决定木桶容积的却是这个木桶的"短板"。

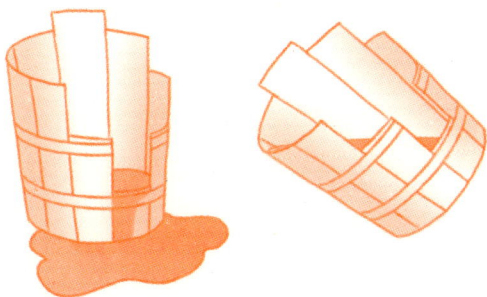

因此，到底是长板决定论还是短板决定论，取决于你如何放置木桶。而到底是补弱项还是提升强项，取决于我们如何放置我们自己。如果我们仅仅锻炼自我，则会把自己当成一块板，那自然是越长越好；而如果我们会组成一个团队，则在团队中，需要以缺口为导向，找到弥补缺口的"短板"。

真实的情况是，我们为什么喜欢对自己的缺点耿耿于怀，原因在于对失去的恐惧。根据心理学研究，因为恐惧而采取的行动会比因为希望而采取的行动迅速得多。世界上的多数战争皆因恐惧而生，德国纳粹发动的第二次世界大战因制造恐惧犹太人的气氛而生，日本侵华战争又因恐惧生存空间而生，即便是拍死一只虫，也是因为恐惧。因此，当我们看到自己的弱项时，恐惧弱项的心理会让我们迅速做出反应来弥补它。

你上了圈套。

因为我们弥补的，恰恰是最难提升的。老天爷是个小气鬼，他不可能给我们所有的能力，既然你拥有这个能力，自然就会在另外的地方减弱。这同样是有科学依据的，如果用显微镜观察十六岁的人的大脑和三岁的人的大脑，就会发现，三岁的人的大脑有一千五百万亿个联结，但是到了十六岁，却减少了一半。别担心，尽管不少联结断掉了，但是有那么一些联结却越来越粗壮，这就是你的能力，并且它们会随着你的使用朝更粗壮的方向发展。可是，此时，你选择了担心那些断掉的联结，而试图把它们再联起来，谁都知道，这样付出的能量远高于使用那些粗壮的联结。更可怕的是，你以为自己弥补了这些，可是那些在这方面能力强的人，他们提升的效率远高于你。则你永远也跑不过他们。龟兔赛跑的寓言在现实中是那么的荒谬。

所以，发现自己的强项，频繁使用自己的强项，你就是这个领域的 WORLD CUP 级。

最后，我还得补充一点，无论木桶是由短板决定还是由长板决定，你都得保证底别有洞，桶别有缝。比如在职业中最基本的礼仪、最初级的表达和最简单的电脑操作等都搞不定的话，你的桶就漏了。

2.5 这份工作我们最 CARE（在意）什么

梦想、兴趣、能力。

如果我再问得深一点儿：

你为什么会梦想自己出一张唱片？成为一名旅行者？作家？

你为什么会对话剧，对组装家具，对跟人沟通，对写作，对登山……有兴趣？

你运用能力在职业中四处打拼图的是什么？

你工作、职业的价值是什么？

你在这份职业中在乎的是什么？

这些问题上升到了哲学层面，很多人都不愿意深入思考。

而真正能吹散内心迷雾的，就是这些问题，我们在职场中到底想实现什么价值？

古人有诗："有人星夜赴考场，有人辞官归故里。"为什么会有这样的差别？因为追求的意义和价值不同。

一个最典型的个例是：打麻将。

四个女人都喜欢打麻将，但也许每个人背后追求的意义和价值完全不同。

春桃很喜欢赢，摸一个一条龙就赚了三十二番，因为赢了就能来点儿钱，她在乎的是实惠；

夏荷对输赢无所谓，但是她喜欢跟人聊天，小红跟小军离婚了，小丽又去追小军了，但是小军竟然喜欢同事小震，可是小震的同学的姐姐是小薇，而小薇竟然是康熙的某个宫女穿越过来的……打麻将是最好的交际方式，她追求的是人际关系；

秋菊是个理工女，因此无论输赢，都能总结出经验教训，她在乎的是逻辑；

冬梅，刚傍了一个有钱人，买了一克拉的大钻戒，每次她出牌的时候，都特意甩一下左手，将左手无名指秀给大家看，她在乎的是面子；

还有《潜伏》里的翠平，打牌跟人聊天，但是聊到一些内容就记在脑子里，回家后给余则成汇报，她在乎的是正义事业；

……………

当一份职业能给予我们重视的意义和价值时，它就是我们的"如意郎君"。

因此，你从事这份职业，到底想要什么？

天下熙熙，皆为利来，天下攘攘，皆为利往。这还用说，工作不就是为了那点儿钱吗？

钱或待遇，确实是一种价值和意义。

难道没有其他的吗？

如果一份工作需要天天加班，而恰好你的孩子刚刚出生，你愿意为了钱而减少和孩子在一起的时间吗？此时，你也许希望能找到一份较好平衡工作与家庭关系的职业，比如朝九晚五的行政。

近年很多人都向往在大国企总部工作，但是如果你真的了解他们的工作内容和工作性质，你是否还会喜欢？在很多国企总部的小职员间流传这样的一句话："生活 PPT 化，PPT 生活化。"为了一件小事情，你需要做几十页 PPT，如果你的 PPT 文字太多，上司会说："我一看到那么多文字就头晕，你能不能做得简洁点儿？"但如果你真的做得简洁，上司又会说："你叫我怎么跟领导汇报，你得把该写的写清楚。"然后你就一遍遍地改。更要命的是，你还得善于玩儿猜谜游戏，谁都知道多沟通和确认能让事情办得又好又快，但在这样的环境里，上司很少能跟你说出他真实的意图，甚至他自己也得靠猜他的上司的意图来生存。如果你总是揣摩不好"上意"，那你就会很容易被打入另册。生存在这样一个环境里，能找到你工作的意义吗？

甚至，你会在乎工作环境是否干净，同事上司关系是否融洽，这份工作是否总是有新的事情可以做……

这些就是学术界称之为"价值观"的东西，这些才是我们从一个职业中想要获取的东西。

下面这个故事，相信很多人都遇到过类似情况：

工作八年的李寻欢已经成为部门的一名总监，管理着三个项目团队，分别在三个方向上进行研发。这总会有点儿成就感。但是，在那年的夏天，他发现他项目团队里的人纷纷被调动至另一个跟他同样位置的总监欧阳锋辖下工作。那些人对李寻欢项目的投入时间日渐减少。李寻欢逐渐变得愤怒。你们认为他会怎么做？

他开始在背后说欧阳锋的坏话，说他的项目其实没什么意义，而且还浪费了这么多资源云云。当李寻欢跟一个懂点儿心理学的好友楚留香谈及此事时，楚留香说了一句话："你觉得这是一种什么感觉呢？"

这是嫉妒。

当李寻欢意识到这是嫉妒的当时，他的内心一下子就清明了许多。

为什么我们不会嫉妒李开复、比尔·盖茨？因为只有当两个人级别差不多时，人们就把对方看成平级对手，只有将对方视作能跟自己斗争的同一量级，才会产生嫉妒。我们只嫉妒跟我们相似的人。

那么，嫉妒背后的感受又是什么呢？

是恐惧，恐惧跟自己差不多的人今后会比自己吃得开、升得快。

楚留香跟李寻欢说："当嫉妒、恐惧时，需要清晰自己内心真正想要的是什么。"

李寻欢发现，在他的项目中，他真正想要的，是通过项目来发现新的课题和知识结构，并转换成知识产权，这背后的价值观是"创新"。同时，他想要多积累项目管理的经验，这背后的价值观是"能力发展"。

手下人力资源变少不会影响他个人的创新，同时还能锻炼他在人手少的情况下如何进行多项目管理。于是他筛选了多个项目，然后按重要程度高低排了次序，把不重要的项目砍掉，集中人力先拿下最重要的项目。

因此，当我们在职业中产生如嫉妒、恐惧、挫败、失落的情绪时，回归到那些指引你做出选择的价值观上，问自己："什么对我来说是最重要的？"

此时，你们一定会问："那难道他就不争夺自己的资源了吗？"

这便是我接下来要讨论的。

价值观是一个人在职业中成长的核心，我们不但要经常觉察它们、唤醒它们，甚至还要时时打磨它们、捍卫它们。

如果李寻欢真的想要"权力控制"这样的价值观，如果他真的对"地盘"很在乎，那么，他就必须要同上司确认自己的身份，并要求自己的资源，并让多数人知道他是一个很在乎"地盘"的人。

但同时，如果你真正想要的价值不是"权力控制"，而是其他，你同样要捍卫其他价值观，如果你把"创新"当作自己最核心的价值观，那就要从每一项工作中找到创新点。如对于很单调的报表，就去找其中数据与数据的关系，从而分析其中的规律；又如受马桶盖的光滑白腻的启发而创造出同样光滑白腻的苹果笔记本电脑。总之，得时时刻刻把自己的价值观当回事。

还记得，我说过梦想是个贼吗？当把财富和权力看作至高无上的价值时，当某大学教授大声疾呼"四十岁赚不到四千万别来见我"时，当你的亲人为你手里有点儿小权力而扬扬自得时，独立于你自己的价值观会逐渐褪色。**久而久之，你就会发现，这世界只有二元价值：要么成为成功的主角儿，要么沦为失败的龙套，大家生在同一个世界，最终怀揣同一个梦想。那将是一个多么单调无聊的世界。**

参差多态，乃人类幸福本源。

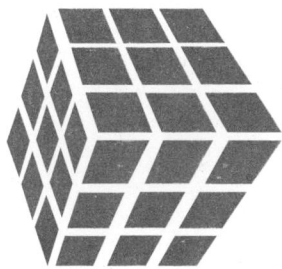

第三章

土系：梦想之"场"

在职场中，作为跑龙套的你，没有背景，只有一个背影！

真的是这样，没"背景"吗？

NO！

随着在工作中的成长，每个人会拥有属于自己的"背景"。这些背景包括：

你对所在行业的理解——我是一个通信行业里混迹多年的人，对于非本行业的人而言，恐怕连天线、网络管理系统这类最基本的概念都不清楚；

你对所在职位的理解，就一个资深的客户经理来说，你永远也没有他那种见人就"真诚"一笑的能耐；

你所结识的圈子，在这个圈子里，大家都有行业内的暗语，熟悉内部的逸事，也能将你纳入；

自然还有你的亲戚朋友，有的是血缘联结，有的是气味相投，有的是两情相悦；

还有各种各样在各个地方的利益关系……

也许你的背景里没有有权有钱的爹妈，但是当你主动去积累和发现，这些行业内的职业经验以及职场中所结交的人脉会在一定时间后发挥效力。任何学过中学物理的人都知道"场"这种神奇的物质，它看不见摸不着，但却有能量、动量和质量，实实在在作用在我们身边；而我们的职业所存在的空间，也有一个很值得玩味的词："职场"。职场就是我们的"背景"，它同样看不见摸不着，但同样也有能量、动量和质量。

能量：它会让我们更强大或更渺小。

动量：它会推动我们前进或拖我们的后腿。

质量：它会作用在心里，或者像悬着的石头，或者如石头落地，又或者心里有底。

如果善用这个"场"，调动我们的"背景"、资源，这些能量就会形成新的合力，能帮助我们到达梦想彼岸。

这便是土系魔法。

3.1 在职场壁垒中开一扇门

男怕入错行，女怕嫁错郎。

当你高中毕业选择专业、大学毕业准备就业的时候，心中是不是就会浮现出这句俗语。当然，这句话多数时候不是在你心中浮现的，而是你的父母老师在你耳边说的。

择业这件事从来就不是你一个人的事，而是很多人的事。我们得听很多人给的建议，这个让干金融，那个让搞 IT；这个让去国企，那个让考公务员……此时，你自己的想法就先放放，因为一旦入错行了，后边就会跟着一句话："我早说你该去干那个，现在你看看，傻了吧？"为了避免频繁听到这句话，于是乎你选择了——

听话。

不过，当你干了几年之后，梦想那个"贼"要作案了，另一个俗语又出现了：隔行如隔山。

原来干 IT，现在想去做传媒，人家一看你的背景，根本不考虑；原来做技术支持，现在想去做市场，人家一看你的履历，说你没干市场的经验，毙掉；一直在一中型国企干了五年，想跳到外企，你几乎不可能有面试机会。当转行、转职、转企业这么困难的时候，你就萌生退意，心灰意冷。

那么，行业、职业、企业之间，真的是壁垒森严吗？

回顾历史的时候，我总是觉得，历史的车轮总会朝那个更丰富多彩的世界走去。

想想几百年以前，那时候的职业掰着手指头数也就四类：士、农、工、商。在《与韩荆州书》中，李白写道："生不用封万户侯，但愿一识韩荆州。"整个行文极尽阿谀之能，可以看出，谪仙人的诗词浪漫奔放，但并不代表着他梦想去修仙，"学而优则仕"，谋个一官半职仍旧是当时唯一的职业出路。

之后，在改革开放之前，确实就是"隔行如隔山"，你的职业是被分配的，是组织的要求，是"做什么工作都是为革命做贡献"，是"干一行、爱一行"，绝对不可能有自由选择的权利，想换行？那你可能要"狠斗私字一闪念"了。

而今，根据中国行业分类的国标，2006 年，标准的行业分类可分 20 大类、98 小类、404 个细类，如果再将职位列进去，将会出现上万个职业。这么多的职业，为我们的职业转向、梦想实现提供了可能。搞体育，按过去的路数，无非就是拿冠军、做教练，而现在则有很多选择，除了做运动员这一条路之外，健身娱乐、体育用品、体育中介已经形成了各自的产业，可以到健身娱乐中心做教练、陪练，可以做背包旅游的领队，可以做体育用品的销售，还可以做各种媒体体育栏目的评论员。你有没有发现，这些职业都是跨出来的：

教育＋体育＝教练、陪练；

教育＋体育＋培训＝拓展训练；

旅游＋体育＝旅游领队；

旅游＋体育＋写作＝旅游体验师；

销售＋体育＝体育用品销售；

新闻＋体育＝评论员。

…………

更为重要的是，随着信息产业的迅速革新，行业之间的一道道墙在迅速建立起一扇扇门。行业转换的成本越来越低。

为何行业之间会有壁垒？原因之一就是信息的不对称。

在电话只能被特权享有的年代，如果需要获得另一个行业职位的信息，即便花一周、一个月的时间，也未必可能。而当手机普及的今天，这件事就变成了勇敢地多打几个电话。互联网这个怪兽来了，虽然这张网布满了敏感词，但是在过去要花半年才能得到的小道消息，现在只消一支烟的工夫就可以。

不如拿一个我经手的案例来说吧：小芳在外资银行做客户经理，她因职业问题咨询我，而我对金融的各个子行业（中资银行、基金公司、信托公司、第三方理财……）几乎一无所知，但是我只需在谷歌、百度稍微搜索，就能对对方的职业、对方困惑的职业、对方想去做的职业有大致了解。如果对自己狠一点儿，搜博客、微博、人人网以及其他专题社区，甚至可以搜索到理论知识、最新进展、视频、声音、论坛评论等更多信息。

当信息获取变得容易时，信息的不对称也就被轻松化解。

行业间壁垒的另一个原因是，进入门槛高。

如果你想从机械生产业转入 IT 业，需要对 IT 行业的知识进行系统学习，还得会写代码，了解数据结构，熟悉全新的互联网架构，而最令人郁闷的是，过去在机械行业里所拥有的经验和资源在换行以后几乎作废。看上去这怎么也得重新读个硕士才方便转换。但是拜通信和互联网发展所赐，这个门槛已经迅速降低。因为你可以从互联网上了解到，机械生产行业所拥有的资源和经验，在 IT 行业的某些企业（比如面向机械行业的信息化产业），同样需要，甚至急迫需要。同时，你还能在互联网上了解到，如何通过几个月的培训就能学习了解 IT 行业的知识、技能。在不久的将来，远程教育和学习会更迅速普及。由此，过去的资源可以被利用，未来的能力训练可加快，时间可缩短为过去所需的几分之一。

在这个信息时代，一扇扇门从墙上打通。你所有需要的并不是拆掉行业与职业间的高墙，而是找到开门的钥匙。

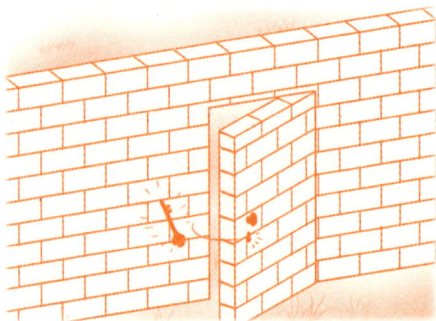

3.2 洞悉产业演进的规律

1999 年，那是一个春天。

根据国资委的要求，中国移动通信集团公司脱离前中国电信总局自成公司，专门运营移动通信业务。那个时候，固定电话是绝对的现金流，移动电话还没什么人使用。我清楚地记得，那次分家，当年的中国电信把最差的设备、最差的办公地点租给了中国移动，以至于某省中国移动的员工在 1999 年连上厕所都要去旁边的写字楼。

电信总局剥离给中国移动的员工都是什么人呢？要么是刚毕业没经验的年轻人，要么就是没有权力靠边儿站的边缘人，真正有能力、有水平、有经验、有资源、有背景的员工全部留在了电信。

但是，在那个时候，如果你能分析出用户需求和通信发展趋势，如果你能有一点儿独到眼光，选择留在中国移动，嘘……

后边所发生的一切，相信每个人都知道。

2000 年，一个在中铁某地方设计院忍受了一年的新员工终于选择了离开。由于很长时间没有新的工程，每个月给他们开的工资不超过 500 块。看不到希望的他，改行做了一名程序员。后边的故事你大概已经猜出来了，随着青藏铁路工程的启动，该设计院承接了一部分工程，短短几年的收入就超过了其他行业一辈子的收入。

2001 年，那时候正是电力发展过剩时期，各地的电厂项目都在叫停。此时，大量热能工程专业的毕业生没办法忍受电力行业的低收入，都改行做了 IT、通信。可谁能想到，到了 2004 年，短短三年，电力就由过剩迅速转变成短缺，各地闹电荒，于是一大批发电厂迅速上马，伴随着火电污染的压力，又同时上马一大批脱硫脱硝的环保工程，如果 2001 年的毕业生可以在收入低的时候忍受两年，恐怕就是另一番景象。

以上是三个真实的故事。

我们总会问：选择和努力，哪一个重要？

如果在中国这样一个大变动的社会里看的话，对于个人的"前途"而言：

选择比努力更重要！

一个时时变化的环境中，需要的是对变化的敏锐洞察。这背后是对变化规律的深刻思考。

北京市电报大楼的七号柜台，这里有一个 1990 年以后出生的人从未见过的业务：

发电报。

这是北京市唯一的一个可以发电报的柜台。每个月也不超过十封电报。

电报是一个几近消亡的产业。

记得当以电子邮件为主要业务的互联网刚刚进入中国的时候，邮电部还不知道这个业务属于什么类型，于是，就将这个没"前途"的业务放到了电报局，反正都是数字码转成电信号，然后传到另一个接收的地址。不过，那个时候，你是否能想象到，互联网这个庞然大物能够改变整个世界。

从改革开放到今天，多个行业都经历了类似的变迁。一个行业从新兴到蓬勃发展，从蓬勃发展再到成熟稳定，从成熟稳定再到日薄西山。其实，20世纪60年代的"创新扩散模型"就可以解释。

创新扩散模型是说，任何一个新概念、新事物、新产品都服从创新扩散的S形曲线：

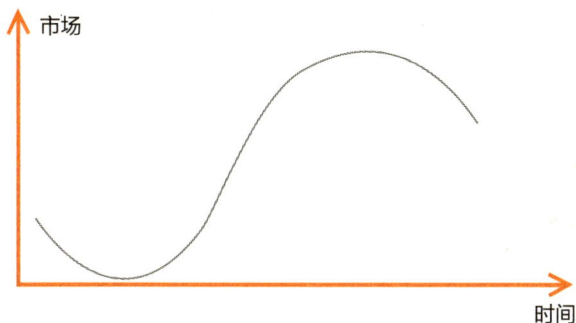

在早期，接受者很少，进展速度慢，甚至还有波动的可能；当接受者人数扩大到10% ~ 20%的时候，进展突然加快，曲线迅速上升，进入高速成长期；之后，在接近饱和的时候，上升速度又开始变慢，进展开始减缓；当有新的概念、事物、产品可以取代它的时候，曲线甚至会下降。由此形成了性感动人、凹凸有致的S型曲线。

这条线适用于描述大多数行业变迁的过程。

最典型的例子莫过于寻呼机：

寻呼机，一个已经进入历史回收站的东西，给了我们不少启示。

1996年的电影《甜蜜蜜》里有个片段：刚到香港不久的黎小军（黎

明饰），发现李翘（张曼玉饰）有一部 BP（寻呼机）机，黎小军一脸
羡慕地惊呼："哇，BP 机啊，你有 BP 机！你真行！"那个时候 BP 机
估计和 LV、江诗丹顿属于一个档次。

　　1995 年到 1996 年，寻呼机开始进入高速成长期，很多大佬通过
寻呼发家。开一个十万用户的寻呼台，月利润高达一百万。此时，被
称为"大哥大"的手机刚刚问世，人们普遍认为 BP 机的市场怎么也
能发展十年。

　　2002 年，中国联通将全国多数大型寻呼公司合并，意图打造全
球最大的寻呼网络。然而，看到了开始，却看不到结局。短短两三
年的时间，寻呼机就如同海水退潮一般在市场上消失，取而代之的
则是手机的疯狂发展。这不由得让我想到一句话，"其兴也勃，其亡
也忽"。

　　寻呼产业用短短十年时间走完了创新扩散曲线的各个阶段。同
样，几乎所有产业都在这条 S 形曲线上的某个阶段。比如：DVD 行
业，已经进入夕阳；而那个玄幻的"云计算"，则还未进入高速成长
期；近几年，国家出台了风能产业及光伏产业的上网电价，政策逐渐
向新能源产业倾斜，新能源产业又成为新的待发展产业。

那么对于产业的不同阶段，我们如何找到可切入的职业呢？

1. 定位：你所从事的工作位于产业的什么阶段？

如果是产业初期，那几乎是一片荒地，说有需求吧，但是没有太大的市场。因此，很难持续干下去。

如果进入产业发展期，自然是一片欣欣向荣的景象，对人才的需求也很旺盛，但是在这个阶段，你看到了发展，别人同样也看到了发展。因此竞争很激烈。

上升到产业成熟期，产业发展比较稳定，人才进出也趋于稳定，稳定是硬道理。但是很多人又觉得在这样的产业中没有发展潜力。

而到了产业衰落期，则是不在里边的躲还来不及，在里边的也想着跑。殊不知，或许它会有咸鱼翻身的机会。

所以，先搞清楚自己从事的行业处于什么阶段。

2. 决策：如果敢打敢拼，就进入处于发展期的产业

谁都想骑到黑马一飞冲天，但你很难知道你骑到的是黑马还是笨驴，并且即便你骑上了黑马，它一定会是一匹烈马，多数人都会被它重重地甩掉。巴菲特财富积累的原理是找到白马，持续投资。因此，在难以发现黑马的时候，不如进入白马产业，就是已经进入发展期的产业（比如：IT、传媒、金融、保险），跟更多人一起拼搏。

3. 探索：长出产业升级的触角

世界变化之快超乎我们的想象。对于这样变幻莫测的世界，我们要清楚自己需要改变什么，不改变什么。《庄子》说"外化而内不化"，即时时刻刻关注外部变化，找到外部变化的规律，但是自己内心的价值观、核心竞争力却保持不变。因此，尽管你入了处于末期的 DVD 制造业，你依旧可以关注大容量存储、高性能存储技术的发展。一旦产业升级，有备而来的人往往能迅速切换到新的领域，即便那个领域跟过去的行业八竿子打不着。所以，在你从事某个产业的同时，一定要有一对触角，时常探索产业升级的趋势。

4. 觉察：别小看行业的初始期和衰落期

似乎很多人认为，不能进入行业初始期和衰落期。但是曙光期有曙光期的游戏规则，夕阳期有夕阳期的翻身之道。真正能够经历这两个悲剧阶段也算作人生的一场历练。至于如何具体应对，请看下节。

3.3 曙光期：如何从烈士到先驱

曾经有首口水歌《潇洒走一回》，里边有一句歌词是"我拿青春赌明天"，这句话可以用来描述选择进入曙光期行业的人的典型心态。

如果真的赌对了，进入到曙光期的行业，无论是阿里巴巴还是华为，无论是微软还是FACEBOOK（脸谱网），能在产业的曙光期就进入到这样的企业，自然有机会获得巨大的财富和成就。

但是这真的很像是赌博。赌博的普遍规律是输多赢少。而进入到曙光行业，同样并不会一帆风顺。

在行业曙光期的企业，有点儿规模的中型企业寥寥可数，几乎都是小企业，多数是创业团队。在进入这类行业前，你似乎也很有一股子创业的热情，会想到它未来的巨大发展，三年以后行业的市场爆发，企业成为佼佼者；五年以后企业上市，自己成为元老……却很少看到这其中的问题和风险，一旦"乐观"遇到了挫折，就会饱受攻击而一蹶不振。

在这样的行业里，你是做烈士，还是做先驱？

做烈士的路数，是进入——失败——牺牲——退出。很多在大企业做得不错的经理人，他们都有一个很美好的创业梦想，在感觉时机成熟的时候，迅速到最新的行业中投资创业。但是在中国这样的环境下，经过两三年的烧钱，多数人会开始嗅到了不妙的气味，于是关门大吉；或者微利运作，惨淡经营。这还算好的，更惨的是拿到了投资，开始铺开产品线，疯狂招人，投资花光了，却不产生利润，反而造成了更多人的失业和更大的损失。这是一个已经出现的例子：团购。不少团购网站都开始走多快好省、自废武功的路线，而仅仅截至 2011 年 9 月底，全国范围内已有 1027 家团购网站关闭退出。我们都相信必然还会有不少人成为烈士。让我们对他们勇于进取的决心表示沉重的悼念。

谁都想做先驱，先驱看上去不冒风险，眼光独到，最后毫发无损却收获颇丰。但是，先驱也都是一锤子一锤子修炼出来的。

● 持续不断的兴趣

无论是先驱还是烈士，能够投身这类新兴行业的人全部出自对该行业的兴趣。开发《愤怒的小鸟》的 ROVIO 公司，当年做手机游戏起家，《愤怒的小鸟》是该公司研发的第五十二个游戏，在开发《愤怒的小鸟》之前，公司收入微薄，员工大量流失。也许就是这种持续投入的兴趣和内心愤怒的情绪，逼迫他们最终创作了《愤怒的小鸟》，并放到了苹果的平台上，从此一飞冲天。试想，如果没有持续不断的对游戏开发的兴趣支持他们，相信做到第十个游戏，就该到吃散伙饭的时候了。

本人认识户外俱乐部"远飞鸟"的一位创始人，他是中国最早做户外运动的一批人，1996年经营户外旅游完全可用"惨淡"来形容，公司租的是地下室。一次他跟我们聊天，说自己以前开台球厅，生意也不错，但是对户外旅游有一种难以抵挡的热爱，就索性把台球厅出让，全身心投入户外旅游，而今其在中国户外旅游中也是响当当的一号。特别有意思的是，那哥们儿在城市里属于放到人堆里找不出来的人，相貌十分平凡，可一旦出了城乡边界，进了深山老林、戈壁大漠，就像身上有个开关一样，两眼放光，动力十足。对这样的一群人，你总会有点儿莫名其妙的钦佩。

● 关注长远的同时，关注下一步

如果你是一名投资人，你投资的是你自己的能力和经验，你会选择什么时间进入你所钟爱的行业？

投身这类行业的人，往往都对这个产业未来的发展高瞻远瞩，能看到这个产业未来的样子：行业被更多的人认可，需求转化为巨大的市场，产业前途一片光明。但是为何仍旧有九成企业成为烈士呢？一个最关键的原因就是，它们的眼光太长远。

他们一眼看到了头，却轻易忽视了新兴产业的波动期。在上一节提到了S形曲线，如果把这个曲线的初始阶段——即新兴产业处——放大，你会看到另一个曲线：

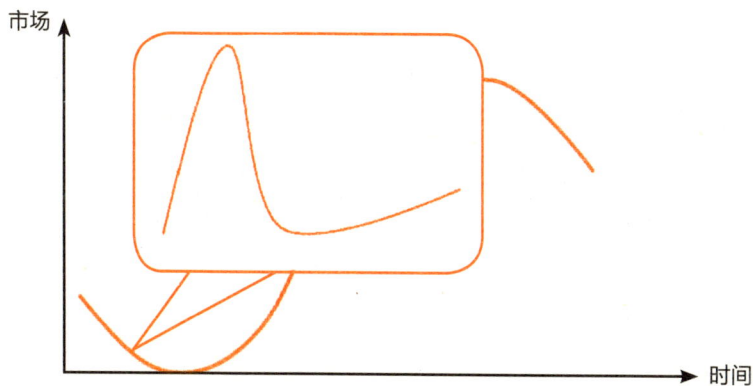

　　几乎任何一个产业的初始阶段，都会经历这样一个过程：当新概念、新产品、新产业进入公众视野，各路传媒都会大张旗鼓地宣传，同时一堆创业公司由此建立，一堆投资公司开始关注，也吸引了一堆有"梦想"的人加入。远的不说，就说近的云计算、物联网、团购网这些产业，你是不是在各个传媒中听到了各种企业都在宣传类似概念？但是当盛宴终结、繁华散尽、潮水退去，需求与市场的缺口就清晰地显露出来。人们会发现，那些概念看上去很美，但宣传出来的"几千亿市场"如同气泡般破裂，整个市场会在短短一两年迅速萎缩，大量企业关门，创业团队散伙。其根本原因在于：看得太远，就忽视了眼前的问题。

　　因此，在关注未来愿景的同时，在对这个产业有浓厚兴趣的同时，也一定要关注下一步的发展。比如，一些很善于投资的人，他们会选择慢一步，即在新行业炒作落幕，大量企业消失之后，投资到那些尚存的企业。因为那样的企业，才是真正能成为新兴产业翘楚的企业。

◉ 别把经验"清零"

很多培训都在讲"清零"、空杯心态，将过去成就的内心放空，才能容纳新的智慧。这被人当作"人生智慧"来口口相传。

尽管我挺认同这种心态的。但是有的人就比较憨直，去了新的行业，换了新的企业，抱着清零和空杯的心态，结果顺带把过去的经历、经验和资源也给清掉了，这属于典型的"倒了脏水的同时把孩子也给倒了"。因此，在进入时，我们可以问问自己：为什么人家会招我们去工作，是因为我们能给企业带来价值，而为什么企业会认为我们能带来价值，还不就是因为我们过去的经验、资源和能力吗？如果我们把什么都一并格式化，那我们跟一名全新员工没有两样，我们所能带来的价值也会"清零"。

有人会质疑："我原来做 IT 行业的，现在进入到心理咨询这个新兴行业，过去的经验哪里还有用啊？"但是你有没有发现 IT 跟心理咨询会有交集，在 IT 行业做这么多年，你是否比纯做心理咨询的人更了解"IT 民工"的心理状况？是否比他们更能体会"调试程序"的单调乏味和焦虑？是否比他们更清楚"项目经理"四处求爷爷告奶奶的挫折感？这就是你的经验，当面对 IT 行业的来询者，你会比别人更容易与之产生情感共鸣。所以，无论何种专业、行业，都能找到交集。

◉ 当好"连长""排长"

这点特别针对有多年工作经验的经理人。他们在原来已经成长不错的企业做到中层，甚至高层，因为兴趣，转到新兴行业，往往依旧会将自己摆在"师长""军长"的位子，以战略规划、总体管理为自己的工作。殊不知，新兴行业的企业往往都是初创企业，没那么多部门和架构，根本就没一个师的兵力供差遣。因此，更像是"排长""连长"，带着只有几个人的队伍冲锋陷阵。此时，同样不必"清零"，而是把自己过去初出茅庐、勇往直前的心态召回来，既负责管理，同时又做具体业务。当业务逐渐稳定，队伍逐渐成规模之后，再实现更高层的管理。

做到以上这些，似乎就可以跻身先驱之列，能在某一行业的颠簸中存活下来，看到光明，成为翘楚。但是，依旧会有大量的烈士。很多经验并不是说说写写就能做的，而是真的得自己参与，自己痛一次，自己死一次，自己做一次烈士。没什么人能直接成为先驱，他们都是不知道做了多少次烈士，然后再复活，最终成为先驱的。我们看到的所有传记多讲的是成功的经验，但现实告诉我们：

成功的经验往往被扭曲过，失败的教训才是血淋淋的事实。

3.4 在夕阳产业如何咸鱼翻身

我们总是很惧怕进入夕阳产业，这个产业没有什么市场，我们的收入、成就、社会关系位于社会底层。不过，如果换一个角度看，就能看到这个产业的另一面。

蜡烛，19世纪之前的主要照明用品，冒着黑黑的烟和刺鼻的气味，随着电灯的发明和普及，要步入坟墓了。是吗？而今的蜡烛是一个市场十分巨大的产业,外国家庭对蜡烛的年消费是一个稳定的数字,蜡烛被制造成香蕉苹果、米老鼠、维尼熊的外观,并着上各种逼真的颜色,当蜡烛被点燃的时候,还泛着水果味、绿茶味、薰衣草味等不同的香味,甚至还有为情侣生活所专门设计的"低温蜡"。由此,蜡烛非但没有消亡,反而焕发了第二春,咸鱼翻身了。

很多产业都是如此,经历了初期的阵痛之后,进入新的上升轨道。电视、家庭影院的出现让人们认为电影院的生意结束了,一些年过去,现在的大片动辄几亿票房;任何手机都有计时、闹铃的功能,似乎手表也要寿终正寝了,但是瑞士天梭表一点儿也不愁没买主,该卖多贵还卖多贵;电视、网络等新媒体的介入似乎预示着广播从此无人可听,但现在一个个"堵城"让有车族完全离不开广播电台……

所以,不要以为夕阳产业的太阳已经落山了,这帮家伙过了一夜又成了新的新兴产业亦未可知。有道是"山重水复疑无路,柳暗花明又一村"。

那么,该如何打造这类产业,让它重燃烈火呢?

● 创新价值,主导变化

电灯发明之前,蜡烛被赋予的价值是"照明",电灯发明之后,蜡烛"照明"的价值被取代,自然会很失落。不过,它玩儿了个大变身,将所蕴含的基因做了改变,从而找到了新的价值,那就是"快乐"。而手表的价值同样已经不是"时间",而是"身份""成就";电影院的价值同样在发生变化,从过去简单的"放松""娱乐"过渡到"时尚""人际关系"。当产品的基因发生变化时,产品本身的诉求、产品在消费者心中的位置也就发生了变化。

● 变换行业，接纳变化

实在创新不出价值，那就只好陪原有的价值一起适应新产品。DVD做得不行了，就去做大容量存储。报纸传媒出路减少，就转去做网络媒体、手机媒体。邮政要关门，就去做快递。没人去电影院看电影，那就拍电视电影、网络电影，成本低，还有新天地。用这样的心态接纳产业本身的变化，及时投身类似的新兴行业，也是不错的选择。

● 跟其他产业制造暧昧

广播媒体为什么会咸鱼翻身？还不是因为搭上了汽车行业。要是中国的汽车产业不这么快速发展，广播可能真的就寿终正寝了。邮政行业为什么还能活着？那也是傍了房地产跟银行两位阔佬：邮政局的核心竞争力已经从寄快递、包裹，转换为其所处网点的黄金位置，这为它搞地产出租和金融服务提供了得天独厚的条件。其实，电影院的火爆也是因为它对传媒、广告产业暗送秋波，投怀送抱。所以，夕阳产业是个"老来俏"，跟其他产业融合，虽然开始还得半推半就，但之后就共赴巫山、飘飘欲仙了。

● 产业本身优势

不同于新兴产业，夕阳产业本身的经验和资源优势不可小觑。既然人家是夕阳产业，那就是经历过新兴、高速成长、成熟这些阶段。企业本身的结构、人脉、管理体系都具备丰富经验。这才不是摸着石头过河，而是早就修过桥、走过桥。如今的关键就是把核心业务的价值重构，或者跟其他产业搞暧昧，产业的管理、关系、生产可都不需要怎么改动。

所以，如果你在夕阳产业有丰富的经验，同样千万别把它扔掉。即便你是个老工程师、老业务员，利用你在这一产业的优势，迅速链接高速发展的产业，静中求变，真的会高唱"翻身农奴把歌唱"的。

3.5 你会运用职位的磁性吗

一个企业的运作，是依赖于这个企业不同职位提供服务的组合，最终产生产品和服务，赚到利润。而作为每个人的职业，也逃离不开你所从事的职位。职位决定了每个人的工作方式。很多人感觉干起工作来特别拧巴，自己的能力兴趣在这个位置上很难发挥。比如，喜欢沟通不喜欢技术的理工女去做维护，爱思考琢磨事的思考男去做客户经理，满脑子新想法的创新哥去做财务。这好比让张飞做军师，让诸葛亮去单挑，作为老大的刘备不会傻到这个程度，可很多人却真是如此。

因此，如果能全面了解整个职位，就很方便每个人做出相对靠谱儿的选择。可是，那些大企业的职位可以数出几百个，根本了解不清楚。

这一本书，并不是用来让大家了解所有职位的。而是要拿来看看，我们现在所在的职位，到底有什么磁性，它同我们将要去的职位有什么关系。

● 职位聚合，找自己的磁性

在完成了很多不同行业的职业规划之后，我发现了一个规律：多数行业的职位类型都差不多。就好像你开一辆很大众的福克斯，结果惊奇地发现，左边的玛莎拉蒂和福克斯也差不多，都是一个方向盘、四个轮子；右边那个奇瑞QQ也差不多，也是一个方向盘、四个轮子。有的人当场凌乱，有的人却备感幸福。

它们竟然都是
一个方向盘、四个车轮
？？？

还记得我在上一章提到的定位兴趣的方法吗？其实该方法早就被前人讲过。美国ACT（American College Test：美国大学入学考试）会为美国高中生提供一张地图，就是传说中的工作世界地图（WORLD-OF-WORK MAP）。"外事不决问谷歌"，你可以在谷歌上搜到，下载。

这个图可被称为"职业指南针"，它能根据你的磁性来指向你想要去的"职业群"。

在这个"指南针"的中央，出现了两个维度、四个方向：

维度一（沟通倾向）

PEOPLE（人）：同人打交道。有哪些职位是跟人打交道的？客户服务、销售、市场、社会服务、公共关系、管理……

THINGS（事）：同事物打交道。有哪些职位是跟事物打交道的？工程、财务、程序员、维护、科学研究……

你是更喜欢和人打交道还是和事物打交道呢？

维度二（思维模式）

DATA（具体事务）：数据、具体、事务性的工作。这类工作的特点：工作内容具体、工作成果可量化、工作业绩准确考核。

IDEAS（抽象概念）：抽象、概念、思维性的工作。这类工作的特点是：工作内容多变、工作成果难以定量、工作业绩错综复杂。但是这类工作很有可能会产生巨大效益和成果。你能衡量爱因斯坦的相对论到底产生多大的效益，提升多少就业率吗？但是大家都知道这个理论的发现让人类科技又有了新的演变。

在此，你会发现，这个思维模式维度较难区分。我就拿"研发"这个职位来做一个区分。

很多做研发职位的人都会困惑，研发是属于具体事务 DATA 还是抽象概念 IDEAS？实话说，研发（R&D）是两个词，因此是完全不同的两件事。研（研究）的主要工作是发现（DISCOVER），发（开发）的主要工作是实现（IMPLEMENT）。

研究，需要不停地探索、分析（研究的英文是 RESEARCH，其实就是反反复复地 SEARCH，即探索），最后发现、创造出有价值的方案、技术、算法……很多软性课题都属于研究，比如 A 省的矿藏勘探就是国家投资的大型软课题，经过大量的勘探、分析、总结之后的成果就是一纸报告，但是国家为该报告投资上百亿也很正常。因此，善于发现问题和分析问题，并能形成一套方法、方案的人适合做研究。而那些好奇心重，洞察力强，对资料、数据很敏感的人能将研究作为事业和梦想。

而开发就没这个要求，现在的开发是一个工程，工程就涵盖了技术实现、文档管理、流程管理和测量调试。开发更要求规范性、工程性、计划性、执行力。以软件开发为例，迄今为止，很多人对开发都有一个深深的情结，认为开发就是代码。这属于 20 年以前的老眼光，当软件工程应运而生时，概要设计、详细设计在开发中所占比重越来越大，完成代码后的测试也占了极大的比重，而代码本身可能是最没技术含量的部分。同时，设计和测试十分在乎流程、工艺和质量控制。这样一看，开发职位的要求和财务职位的要求类似。

所以"研"和"发"有时是两种完全不同的人搞的事，不能混为一谈。研究是 IDEA 方式，而开发是 DATA 方式。肯定有人问：我能不能做到两者兼而有之呢？我只能说你别太跟自己较劲儿了，"水里的葫芦——两边摆"的结果就是"鸡飞蛋打——两头落空"。

你是更喜欢与人打交道，还是与事打交道？是更喜欢 DATA 的具体工作，还是 IDEAS 的概念工作？之后将你的职位目标聚合在某一个象限。

● 职位互补，利用磁性规律

"我确实喜欢跟人打交道，亲和力、沟通力很不错，但是我硕士毕业就去研发部门了，怎么办？"

这是很多理工男、理工女总向我提出的问题，然后他们就给自己一个"合理化解释":跟人打交道是个"没技术含量"的事儿,我们还得去专注于那些尽管自己觉得不太有趣,但"有技术含量"的工作。

这个最基本的磁性定律也许能让我们有点儿感悟,那就是:

同性相斥、异性相吸。

如果对人有兴趣的你不幸进入到了一个完全对事的环境,与其说是明珠暗投、暴殄天物,倒不如把它看作一个机会。在很多类似的环境,正是因为一个非群体的个性而成就了自我。

拿一个我身边的例子来说明:

这是一个研发部门,几乎所有人都是面向技术(THINGS),无论是研究还是开发,无不面对数据、程序、文献、标准、协议等内容。其中有个人叫小华,硕士,他很爱和人打交道,社会关系丰富,能迅速同陌生人打成一片。他是否能在这样一个部门生存下去呢?他曾一度苦恼是否要去销售、市场等部门,但经过一段时间的梳理,他非但生存了下去,还被上司所器重,负责了很多项目。我们可以想想,如果我们就是这个部门的经理,当多数人都是只专注于技术本身时,出现一个善于沟通、善于联系外部资源、善于拿到项目的人,他是一个宝贝还是一个麻烦?

还是回到上一章提到的木桶原理。对于个体而言,发挥优势胜于弥补劣势,但是对于团队而言,每个人的磁极各不相同,然后异性相吸,从而形成优势互补,这样的团队就很优秀,比如《三国演义》中桃园结义的刘关张三兄弟。

● 职位升迁,沿着磁力线走

有磁场就有磁力线,有职场自然也就有职位的"磁力线",只是,我们往往发现不了职位升迁的磁力线，抑或我们没有看到隐藏的磁力线。很多毕业生进入职场的规划思路就是：一年做基本工程师，三年带团队，五年做部门经理。不过到了现实中，他们就凌乱了，过去那美好的蓝图放到实际的职位里行不通。

我得承认，确实有按照这样的路径升迁的人。但是你是否发现，既然大家都能看见这样的升迁途径，那为什么（其实应该不是问"为什么"，而是问"凭什么"）是你升迁而非别人。你说你有能力，可人家小明是上司的亲戚；你说你干活儿卖力、执行力强，可同事都说你不近人情；你说你跟大家关系都好，可人家小威的老爹是我们的客户，他一个订单就几百万……这条磁力线，大家都看得见，也都去抢。除了能力强、人缘好、有资源之外，你还得有运气。

那还有什么磁力线呢？比如，一个以销售为核心营生的人，我们假设他是DATA\PEOPLE类型，做销售如鱼得水，升主管、经理、总监自然是一条很清晰的磁力线。假如他不太想做管理，还是喜欢跟客户打交道呢？他是否可以做资深销售，是否可以做大客户销售，如果这个企业没那么大平台，是否可以到有更大平台的企业继续做销售？这条磁力线，我称之为"达人"线。

同样是这个销售，他的思维方式更倾向于IDEAS，当销售做到一定程度，他是否可以从诸多销售方式方法手段中感悟到一些规律性的思路，甚至能创造出一些新型服务和产品，他是否可以从销售转做销售的咨询、顾问以及培训？按物理学的说法，这类似"电磁感应"。这条磁力线，我称之为"感应"线。

还有吗？是的。做销售做烦了，自己的客户群也建立起来了，于是就辞职不干在家生孩子，借生育之余做几单客户。这属于"消磁"线，这类人大多很看重家庭和生活。

除了你能看见的磁力线，我还能找到一堆你看不见的磁力线，这才是土系魔法神奇的地方。

3.6 进圈子相当于迈进大门

人不是大老虎，甚少一个人独活，人从来都是处于不同的群体中，这个群体，即圈子。

职场圈子的特点很有趣，甚至很诡异。

第一个特点是人。

这群人会有共同的特点。都是相同的行业，比如大家都是 IT 人、金融人、电力人、铁路人，而且行业还会细分成子行业，比如都从事网络安全、都从事管理咨询、都从事职业规划、都从事移动支付业务……都在相同的职位，都是 HR（人力资源管理人士）、都是程序员、都是产品经理、都是 CEO（首席执行官）、都是快递员、都是小贩……都有相同的兴趣，大家都对某事有兴趣，都喜欢相声、都喜欢文学、都喜欢卖唱、都喜欢"苹果"……除了共同的特点，这群人还会自动形成不同的角色：

名人。在任何圈子里，总有若干名人，他们资深，拥有较强的能力、丰富的资源，特别是拥有自我宣传的本事，比如房地产界的任志强、潘石屹；互联网界的开复哥、化腾哥。

牛人。牛人是这些圈子里的资深人士，他们往往拥有高超的能力和广博的知识，即便他们不愿宣传自己，但十分受人尊敬，典型如互联网守护神劳伦斯·莱斯格（Lawrence Lessig）和吴修铭，两位是分别来自斯坦福大学和哥伦比亚大学的法学教授。法律似乎跟 IT 没什么关系，但却是他们向美国法院确立互联网是跟自来水、煤气等公用事业同样为中立的立法，任何人都可以在互联网上从事符合美国宪法的任何活动，从而推动了互联网的发展。

互联网守护神
劳伦斯·莱斯格和吴修铭

传声筒。这类人人际关系广且十分八卦，会迅速将圈子里的新鲜事传给这个圈子的所有人；

神秘人这类人并不是不在圈子里，只是他喜欢躲在一边潜水观察，偶尔现身发表一点儿"粗浅"的见解；

……

其实，如果你能知道这个圈子里的领袖、牛人，就算是迈进这个圈子半步了。

第二个特点是暗语。

在类似的圈子里，同样也会有类似的"暗语"，其实就是一堆专业名词，比如下围棋的圈子，自然是如"飞""靠""扑"等围棋术语；如果是 IT 行业的圈子里，则是一大堆英文简称和技术名词；在高校圈子里是一大堆学术理论；我曾经在一个心理论坛潜水多年，论坛里的语言多是"效应""感觉""失调""情绪"……

因此，了解圈子暗语，是跟圈子里的人建立联系的前提。否则，到了通信行业的圈子，不知道"网关""信道"，都不好意思和人打招呼。最后，你是否发现，这些暗语的组合构成了一个圈子的基本知识，也建筑了一个圈子的"壁垒"。

第三个特点是游戏规则。

圈子有圈子的"游戏"，金融行业的基金产品、衍生品、理财产品是钱的游戏；IT 行业的位置业务、信息安全、内容管理、微博是信息的游戏；HR 职位里的招聘、培训、员工关系是人才的游戏；即便是冷僻如发电行业中的汽机、管道、支吊架也同样是能源的游戏。既然都是游戏，就自然会有游戏规则。这些游戏规则就是这些行业、职位圈子里的基础理论、业务和工作流程。掌握了这些游戏规则，人家才会认你做圈里人。更加有意思的是，除了这些人人可见的游戏规则之外，其背后还有潜规则。比如，在"网络设备"这样一个极度细分的圈子里，那些设备制作的材料、设计、工艺和成本之间的关系就属于外人很难看出来的潜规则，这也是为什么采购方持续压价到成本线之下，而厂商并未灭亡的一个原因。再如，名校 MBA（工商管理硕士）似乎天生存在某种外人不可知的游戏规则，名校 MBA 的文凭是他们进入投行和著名咨询公司的必要证书，在少数咨询公司，即便你不缺业务能力并且有很大潜质，但如果没有名校 MBA 的证书就一切免谈。

游戏规则是更深一层的圈子壁垒。其险恶目的之一就是通过设置复杂的游戏规则、潜规则来提升进入圈子的门槛，维护圈子的"领地"。想象一下，当你熟悉游戏规则和潜规则之后跨进了门槛，进入了圈子，没有人会不珍视这来之不易的"机会"，对圈子产生更强烈的认同感，并更尽力维护好这片"领地"，同时对想进入的新人更加严厉，理由就是："我们就是要过滤那些不热爱这个行业的人。"这让我想起了一个很生活但又很诡异的现象：拥挤的公交车到站时，你是否发现在门口的人往往很多，似乎有一种力量让他们就堵在门口而不往里边去，而你却在大喊："别关门，让我挤一下。"门口的人让你十分恼火。但是你像赶着投胎一样费劲儿挤上去的一刹那，你就马上会成为堵在门口的一员，并会大声嚷嚷："进不去了，快关门吧。"这个转变如电光石火般迅捷。

这个公交车，是不是一个圈子？

当你发现圈子的核心要素是人、暗语和游戏规则时，你是否意识到，最典型的圈子莫过于电影里的"黑社会"，"黑社会"里有不同特色的人，有暗语和游戏规则，如果你不认识人，不懂暗语和游戏规则，就很可能会被清除掉。职业是否也是如此？

因此，你很难单独成就你的职业梦想，而必须依靠这样的圈子，这不但有助于你梦想的实现，圈子还能助力加速你梦想的实现。

圈子是一个个壁垒，但正如我开始所说，这些壁垒是有门可以进入的，那把钥匙在何处？你该如何进入圈子呢？

1. 找到圈子

有的圈子存在明显的部落化，在网络上有着名的垂直论坛，定期举办线上和线下的活动。你要做的就是问谷歌和百度，检索到这样的圈子，先像一个隐形人一样加入进去。而那些不存在明确论坛和活动的圈子，就需要依靠人脉的力量，通过各种渠道多认识圈内人士，当你足够虔诚，总有一些人会拉你进去。互联网如此蓬勃发展，想知道哪些人属于哪个圈子是十分容易的事。

2. 熟悉暗语和游戏规则

暗语和游戏规则构筑了圈子的壁垒，所以先熟悉这些内容是进入圈子的必要条件。你似乎可以通过找到圈内人的方式来了解暗语和游戏规则。但你必须付出成本，一般来说你要参加一些培训并考个证书，参加培训时，你能发现不少跟你一样要进入圈子的人，而培训你的老师则是圈内人。所谓认证培训，看上去是学知识，而其背后的意图就是给圈外人和圈内人牵线。圈外人交了钱、付出了时间精力，进入圈子的可能性就会增加。大多数认证培训，证书并不重要，重要的是参加了培训，学习了游戏规则和暗语，认识了一些人；而名校 MBA 所花费的金钱和时间更加巨大，也意味着你能学到更多的暗语和游戏规则，这个证书的含金量就会成倍增加，从而更方便进入咨询公司和投行。

3. 搭接资源或贡献优势

如果你进入一个新的圈子之前，已经在其他行业、职业混迹多年，那你完全有可能得到圈内名人的引荐。方法就是搭接资源。行业、职业之间的壁垒在减弱，行业、职业之间的相互需求却与日俱增。因此你在过去行业、职业的人脉、经验，都能为新圈子服务。比如一个从事金融行业的人想进入培训行业，培训行业对金融的需求普遍存在，每个人都需要理财，每个企业都有融资的需求，而你在金融行业所了解的暗语、游戏规则和人脉能方便培训行业更好地理财，方便你的培训企业更容易融资。这个资源的搭接能让你迅速得到牛人和名人的认可和引荐。

也许你会说，我真的没那么深的资历和那么多经验，没资源可以搭接，如何在圈子里玩儿？没经验没关系，你的能力总得让人看见吧。之前提到发挥优势，在这个圈子里就很有用。如果很懂养生，谁都爱跟你聊自己的健康问题；如果很会做饭，那就在聚会中给大家做饭……总之一句话：有得给，才有得拿。

4. 建立信任

除了能力之外，更重要的是如何和圈子里的人建立信任关系。没有任何一个圈子愿意接纳一个不可信任的人。为什么水泊梁山那样的组织要让入伙的人呈个见面礼、纳个投名状，这就是一个建立信任的过程。而在行业、职业中，我们建立信任的方式往往就是承诺完成一些临时的、业余的任务：组织一次活动、完成一次分享、交付一份文字、支持一个项目。提出承诺、兑现承诺是基本的职业素养，能被人信任，本身也是种能力。

最后，必须指出的是，进入想进的圈子本身就是一种资源置换，自己没有点儿干货垫底，圈子那道门槛儿就很难迈过。

3.7 你是怎么透支多张银行卡的

你的银行卡有几张？工商银行？建设银行？招商银行？每张存了

多少钱？你是不是会为了某个银行的某个服务，或者购买某个大件商品而频繁倒账？

这对于你来说是秘密。但是对于我来说却不是。

呃，我看到你瞬间石化了，不好意思。

不过，我讲的不是你真实的银行卡，而是你人生生涯的各张银行卡。

你除了有现金银行卡——这类卡存着你从工作中赚得的钱；你还有亲情银行的卡，存着你跟父母、配偶、子女的亲情；你还有友情银行的卡，存着你的同事、同学、战友的友情；你还有身体银行的卡，存着你身体的健康；你还有事业银行的卡，存着你职业的经验和能力；你还有兴趣银行的卡，存着你丰富的爱好……你还有很多卡。

人这一辈子，就是在你的这几张银行卡上存取款。每存一部分款，你都会感到快乐，每取一部分款，都会带一点儿悲伤。

问题在于，你不知道自己是如何存取款的。

小威是销售大区经理，销售业绩很好，每年通过销售可以赚不少钱。只是，他做销售需要跟客户喝酒，三天一小顿，五天一大顿，甚至有两回喝多了还被送去医院洗胃。当跟他谈起未来的职业发展时，我提到了人生生涯银行卡的比喻。

我说："其实你并没有赚到钱，你只是把你的身体卡、亲情卡的钱取出来，存到了你的现金银行卡里。现在还有的取，但哪天一旦透支了，还都还不上。你拿到了钱，却付出了一个小东西——你的肝。"他恍然大悟，毅然决定在公司内转岗，去了不怎么赚钱的规划部门。

很多人都不懂得自己这几张卡是如何存取的。他们以为他们通过努力存进了自己的现金卡，但是他们的工作只是在把别的卡里的存款倒到现金卡。

我了解过一些英语培训的老师，他们几年如一日只教一门课，到后来讲课讲到恶心，每天都说同样的话，讲同样的故事，钱是赚到了，但是却是通过把梦想银行和事业银行的卡给提取出来才实现的。

小军进入了通信行业著名的Z公司，被发配到非洲一个国家做电信技术总监，年收入三十多万，儿子六岁，每年只有春节回家十几天，连续干了四年。他跟我说不想这么干了，特别想孩子，但是四年的海外生活令他对国内的产业变化一无所知，也没有结交新的朋友同事，根本不知道回国做什么。虽然在他的现金卡上存了钱，但他花掉了亲情卡和友情卡。

还有那些赚取灰色收入的官员和做传销的人。他们在贪财得利的同时，完全透支了自己的人品卡，以至于以后一辈子也还不起。

你必须处理好你手上的这堆银行卡，它们代表了你的职业健康度。

如何处理呢？

● 高代价卡的处理

有这么个鸡汤类寓言：我们的一生在抛接五个球，分别是工作、家庭、友谊、健康、精神，其中一个球是橡胶的，摔在地上可以弹起来，另外四个都是玻璃的，摔了就碎了。

哪个是橡胶的？

就是工作那个球，简称"工作个球"！

尽管我们有这么多张银行卡，但它们的代价并不一样。有的卡，看上去没什么价值，一旦透支，所付出的代价却是巨大的，并能影响到其他卡的存款。比如：身体卡，把它透支了，其他那些梦想卡、友情卡、亲情卡、经验卡……都要报警。你以为还有亲情卡能维系？没听说过"久病床前无孝子"的说法吗？再比如：友情卡，做传销的人把友情卡给花没了，花的时候轻轻松松，但是想再补回来却难于上青天，建立一个信任很难，但毁掉一个信任却轻而易举。

因此，我们要搞清楚，哪些卡属于一旦花掉，就要付出巨大代价的。

比如：身体卡、友情卡、亲情卡、人品卡……

对于这类卡，我们要做以下几点：

1. 定期刷机 POS（销售点终端机）检查一下

这类卡特别容易在不知不觉中花掉，因此一定要周期性地到 POS 机查一下。

比如，每年给自己做一个体检，每月跟朋友电话联系，每周问问老婆孩子老爹老妈的感受……曾子曰：吾日三省吾身，为人谋而不忠乎，与朋友交而不信乎，传不习乎。这是圣人之道，我们不用每日三省，我们每个月省一次、每年省一次总是可以的。

2. 维持这类卡里边儿正常的现金流

你可以不在这类卡里多存钱：可以没有六块腹肌，可以没有遍天下的朋友，也可以没有七大姑八大姨四世同堂其乐融融……但是你现有的身体、友情、亲情、人品一定要维系，不能让它透支。因为你一旦不维系，它们就自动流失。

如果一段时间天天熬夜，一定要尽快规律作息和锻炼；

如果做了某件对不起朋友的事，一定要主动道歉，尽快冰释前嫌；

如果两个月天天忙于工作不着家，一定要给自己放个假，陪老婆孩子待一周；

…………

3. 做长期保险

这类卡里的一部分钱一定要做长期保险，这样它们会产生稳定的红利。谁都必须承认，随着年龄的增加，身体会逐渐变弱，但是长期的规律作息和运动可以保持身体的稳定性。亲情、友情卡都是那种历久弥新的，时间越长，就越有韵味。所以，要保证稳定的存款，到老的时候，这笔存款所产生的红利将给你惊喜。

● 高价值卡的处理

再次盘点一下你手里的卡，有的卡可是高价值卡。开始存的时候你可能没感觉，但过了几年就会突然给你带来巨大红利。三年不开张，开张吃三年。比如你的事业卡。

很多人工作了五年就以为自己有了"五年工作经验"。殊不知，如果你不刻意往你的事业卡里积累财富，你所拥有的只能是"五年工作经历",甚至是"一年工作经验"重复了五年而已。

陆小凤和慕容复是大学同班同学,并在一个企业工作。十年之后陆小凤已经做到了资深工程师,而慕容复却一直是一个普通工程师,待遇差别达三倍之多。再澄清一点的是,二者家庭背景也差不多,没有一个人是官二代富二代。其原因就在于,陆小凤工作的十年是积累了十年经验:发表论文十余篇,著作两部,提出专利六个,参与重大项目三个,主持重大开发项目一个。而慕容复却只有了十年工作经历,无论文,无专利,工作就是把活儿干完,从不做其他考虑。

如果大环境出现突发事件,二者都要被辞退。谁更容易找到好工作?答案不言自明,一定是陆小凤。

这就是事业银行卡的价值,当我们在工作中时时注意积累经验,注意把工作的任务变成成果,从而转换成知识和能力,并能达到可证实、可复制、可增值,就会厚积薄发。这就好比巴菲特买股票,从20世纪90年代到现在长期买入"可口可乐""吉列"等优质股票,短期内看不到巨大涨幅,经过岁月的洗刷之后就成为全球首富。因此,让工作经历"经得起考验",就把经历变成了经验,往事业银行卡里存了一大笔钱。

再比如你的兴趣银行卡。本书在前面提到过兴趣的五个层级。如果你能持续不断地往你的兴趣银行卡存钱,就能让兴趣转变成能力和职业。一旦化茧成蝶,自然自成一派。

因此,对于这类高价值银行卡,同样要达到三点:

1. 持续不断地养

这类饱含价值的卡,一定要持续不断地投资。韩寒说过一句话:"有的时候梦想也是需要养的。"

这类银行卡同样需要"养"。你没办法让卡里瞬间积累巨大财富,而应该像养孩子一样,要每天关注它、照顾它,跟它一起成长,未来你就能得到巨大收获和幸福。

2. 定期投入

有一种基金产品,叫基金定投。它要求购买者每月都定期投入一点儿钱买基金,以此来填平股市波动,同时避免冲动投资。很多理财专家都推荐这类产品。

对于这种高价值银行卡,我们也得做个"定投"。因为人都是冲动型动物,突然需要工作经验,就玩儿命干活儿,突然产生一个梦想,就热乎一阵子,而过了一段时间则抛在脑后。这非但没法儿存钱,还会造成其他银行卡的损失。

因此,就得给自己设定一个"投资周期"。每段时间都创造一点儿经验,每段时间都打磨一点儿兴趣,每段时间都提升一点儿能力。由此建立一个习惯,当习惯形成,你会下意识地积累财富。最后达到一种你已经很牛了还不自知的浑然天成的境界。

3. 当财富增值后要取出来用

有些"闷骚"的人喜欢憋着,把经验憋了十几年,就是不拿出来成就事业;把兴趣憋了十几年,就是不拿出来增加能力。当然,你要选择做一个隐士我也挺赞成,故事《信陵君窃符救赵》中的"侯嬴"就是个很牛的隐士,老头子活到七十岁,做一个看城门的小吏,但憋了一辈子资源、朋友和经验,最后通过给信陵君出窃符救赵的主意并贡献了一个杀手,完成了一次绚烂的辉煌而自刎了结。但是,如果你天天憋着,卡里的钱都爆了自己还很郁闷,那就是自作自受。

很多资深人士,经验丰富,也颇有抱负,但在该爆发的时期前怕狼后怕虎，迟迟做不了决策，到了四十多岁发现上有老下有小，此时，这堆资源、经验、兴趣的财富已经难以使用，只得叹息一声黯然归去。

如果你还愿意"出世"，愿意为这个世界做点儿什么，愿意为梦想做点儿什么。当你的高价值卡产生价值的时候，还是要取出一些财富，拿它们来装点你自己，追求更高的成就、更深的智慧和更多的创造。

3.8 你经常出差吗

在很多职位的招聘启事上，都会有这么一条：能适应长期出差。

通信行业著名的 H 公司以高薪、全球化、工作强度大而著名，该公司有一个招聘传说：在招聘申请书中有一条：是否同意长期出差？一旦画了不同意，这次求职旅程就 GAME OVER（结束）了。

很多企业的业务都覆盖全国，有的甚至还是跨国企业，因此，必然会有不少出差的"机会"。

同时，大量职位（项目管理、工程设计施工、售前、售后支持）都必须要到当地进行服务和支持，这样的职位就不只是出差了，甚至就"在沙家浜扎下来了"。

当经常出差，甚至把出差地当成第二个故乡的时候，每个人都会有一种思乡之情，特别是成家有子女的人，他们会感到奔波的孤独，缺失归属感。这同样是很多企业的牛人离职的一个很重要的原因。

因此，职业中的出差，是影响职业稳定的关键要素之一。这也是职场中必须关注的地方。对此，我有话要说。

● 短差、长差区分好

我的很多朋友都是设计院的，有个企业内训师跟他们抱怨说："我们一年要出差二十多回，每个月都得有个两三回。"设计院的朋友是这么回答的："嗯，真不少，我一年就出三回差，一回去了两个月，一回去了三个月，一回去了四个月。"

这个对话就是两种完全不同的出差模式的对话。

市场营销部门的出差特点是次数多时间短，今天出现在北京，明天就可能出现在深圳，后天又直飞成都。有时他们睡觉醒来都不知道自己到底在哪座城市。如果在外资企业工作，甚至会是今天在美国，明天去日本，后天又到新加坡。这种出短差的一般都以培训、会议、售前宣讲、客户经理等职位为主。频繁出短差的人会有一种"在路上"的移动幻觉。

而出长差的特点是次数少，周期长，驻地化。因为某一个项目和客户，就在当地驻扎下来，直到项目结束，客户付款。此类长差，特别符合项目管理、客户服务、财务审计、售后支持等需要长期陪伴客户的职位。出长差的人会有一种"第二故乡"的感觉。那些人对于出差城市的熟悉度甚至高于本地人。比如，小华就在著名的废都西安混迹多年，对那几个卖盗版光碟的地方尤其熟悉。

还有一种是超长差，比如很多公司的海外业务，一般都在非洲国家或南亚、西亚国家。超长差就属于"贾探春"类型，"一帆风雨路三千，把骨肉家园齐来抛闪"，一年只有一次回家探亲的机会，在收入待遇方面会有很大增加，但离群索居、骨肉分离之感却令人难以承受。

因此，坐上一个职位之前，一定要清晰该职位出差的类型，是短差、长差还是超长差。

● 适合出差的阶段

上一节提过多张银行卡的交替对倒。必须承认的是，一旦成家生子，出差，特别是长差，就可能会花掉那些高代价卡，损失亲情和友情。因此，一定要选择好出差的阶段。

窃以为刚参加工作时是最适合出差的时期。此时意气风发、激扬文字，正是看看各地风景、了解各地民情的好机会。这段时间通过出差所增加的阅历会超过任何培训学习。你可以体验住大车店、到小巷子里吃最有特色的小吃的传奇感受，也可以了解到不同地域的民风文化，这些尽管都是经历，但是如果写成文字，拍成照片，就可以变成经验。记得大学时广东同学来北京，他很享受去吃北京小摊贩的煎饼，说了一句很有感觉的话："和着灰尘吃的煎饼才香。"这简直就是一句诗！

同时，更有价值的是，对于没好爹的新员工，赚钱往往是第一要义。而频繁出差，出长差，出超长差，能迅速提高收入。任何企业都对出差有补助，出差时间越长，补助就会越多。这也是年轻时可以多出差的原因。

有人会拿《论语》反驳："父母在，不远游。"家有父母，毕业后回家才显孝顺。你是否没把《论语》看完整？孔子说"父母在，不远游。游必有方"，人家后边儿还跟着一句话呢！即便是当父母老了要在一起一段时间，刚参加工作趁父母还能自我料理时，多出去转转是不是"有方"呢？

当年龄增长到一定阶段，携妻带子，则需要慎重考虑出差的问题。你是否能够接受亲情卡被透支的后果？一些人性化的企业会给有经验的资深员工提供带家属出差的福利，或者给充足的探亲假，一年能给两三个月完全不工作。当然，这有个前提条件，那就是你能做到经验丰富，是企业里的关键人物。

● **把外地当资源**

外在环境本身是带着能量的。如果能因势利导，外在环境就是助人实现梦想的资源。因此，如果你长期出差，那你有没有想过链接出差地的资源？

比如，小徐长期在山东出差，"搂草打兔子"娶来一个山东媳妇；小丽长期在广东出差，也捎带嫁了一个广东靓仔。这严格来说不算资源，但这绝对是反向思维：与其在当地聚少离多，不如直接在外地成家，以后反而将回本部当出差，岂不快哉？

同时，对于那些出长差和超长差的人而言，日子长了，了解了外地的风俗习惯、文化经济，也就可能搭接到当地的人脉圈子。那是否就能把家乡和当地的事业、兴趣链接起来。比如，去广东出长差，和驻地的客户或供货商混熟，交几个朋友，体验那种"有朋自远方来，不亦乐乎"的感觉；去浙江出长差，就可以在家乡开个网店，通过链接浙江的小商品资源而解决店铺经营的供货问题；去湖北出长差，能否发展旅游兴趣，结交几个可靠的驴友？去西藏出长差（就是援藏），那岂不可以做孔繁森第二？还是同样道理，与其在外地天天辗转反侧、思念故乡，不如整点儿能陶冶兴趣、发挥能力、提升价值的事情。

● **清晰出差能带来什么价值**

　　无论如何考虑出差，每个人都需要清晰：出差能带来什么价值？是补助的提升，还是异域文化的领略，还是旅游兴趣的满足，还是找个漂亮老婆帅哥丈夫？并且，让自己的价值观与出差的价值相一致，这样能令自己出行快乐，一路畅通。

　　如果出差再也不能带给你想要的价值，而只是消耗亲情卡、友谊卡的存款，那做个了断也好。要么跟上司谈谈，换一个出差少的工作，要么去找一个出差少的工作。

第四章

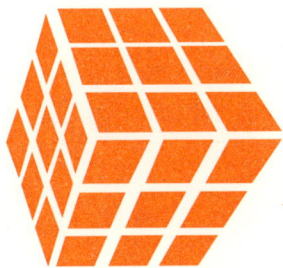

水系：
职业决策向左走？向右走？

"我毕业后是该做市场还是技术?"

"公司想要在传媒领域开展新业务,希望我全部负责,我该怎么办?"

"干到现在,我有三个选择:一、继续留在这里干售后;二、换部门做售前;三、另外一个企业打算招我。我该如何选择?"

"我该果断离开,还是做兼职?"

我们内心对职业选择充满问号。

这诸多问号,归结下来都是一个问题:职业决策。

当生活遇到岔路口,困惑自然就冒出来。如果你没有属于自己的决策心态和决策方法,这些问题就会屡次在内心响起。

TO BE OR NOT TO BE(生存还是毁灭)?连王子哈姆雷特都在纠结、忐忑,我们这些俗人也在所难免。

那么该怎么办?关于决策心理学的研究,最近数十年可谓火爆,不少畅销心理学书籍都跟决策有关系。这里借用一种魔法来说。

在决策方面,做得最好的就是"水"。兵无常势,水无常形。当水流遇到岔路，它会自然而然顺势做出选择。它选择的原则就是：水往低处流，百川东到海。

因此，和职业决策有关的魔法，是为水系魔法。

4.1 为什么遇到岔路就会纠结

为什么我们在职业选择、职场决策中感到纠结，难以做出重大决策呢？

请将这个问题放一下，先将镜头拉回到我们的生活中：

打过牌吗？"拖拉机"？是不是也会遇到不知道出哪张牌的状况？如果出大牌，万一没捞着分儿，还被别人扣了底就惨了，但如果把小牌出了，那人家跑个十分儿就升级了。

跟女朋友出去吃饭，决定好去哪里了吗？去吃火爆的米线火锅，要排长队；去吃快餐，又没情调；去吃海鲜自助，太贵了。

这种款式的衣服很适合我的身材，但是颜色似乎太暗了，那个浅色的却又使人显胖。

甚至连去超市买瓶水都会纠结。纯净水不长胖但是没味；可乐喝着爽但是是垃圾食品；天然果汁健康但是却比较贵。

任何一种选择，我们都会纠结。

如果我们把纠结分解一下，这是两种感觉的复合体：快乐和担心。

快乐是因为我们对选择的期待，因为每种选择都是符合——至少符合一些——我们的价值需求。我们可以想象做出选择、付诸行动之后的美好成果：味道好、有营养、能赢、便宜……换到职业上，那就是：成就感、智慧、社会关系好、有面子……

而担心，同样是因为我们对那个选择的期待，因为这个职业会让我们付出成本，一旦做出的选择不能带来价值，那成果就会变成"后果"：没情调、贵、没营养、不好吃……换到职业上，就是：浪费时间和金钱、没有成就、单调乏味、家庭关系紧张……

如果全部都是快乐，那自然开心去干；如果全部是担心，那也就自然逃避。问题就是这两种正向和负向的期待同时以差不多的能量出现。这是纠结最核心的原因，恰似内心中多个小人在打架，却都势均力敌。

"这世界上有两个我，一个是吃货的我，一个是真心想减肥的我。"

水系魔法所关注的，就是这种对选择的期待。

当别人来找我咨询，并透露出纠结的感觉时，我会先说一句话：

"告诉我你对每个选项的担心。"

当每个人都能看到纠结背后的负面情绪"担心"时，往往都能觉察到什么，此时再使用一些招数，就找到根源和方向了。当然，确实有一些人，他们有比较强的纠结，被称为"决策恐惧倾向"。这被普林斯顿大学定义为"缺少勇气或意志去从复杂多面的事情中寻找目标"。那些在职场中纠结时间过长而难以决策的人，往往在很多生活片段中同样举棋不定。他们会考虑一个决策的方方面面，优点缺点，并且会拿"凡事预则立，不预则废"作为其举棋不定的理由。因此，尽管那些纠结的人为自己无法进行决策而痛苦，但是他们内心其实还有那么一点点享受这种前怕狼后怕虎的感觉。

一般来说，纠结的背后，隐藏着三类恐惧。

1. 对变化的恐惧

成长于某些家庭环境，可能会在未来出现决策恐惧。比如父母本身就很情绪化，要么犹豫不定，要么反复无常，这会让孩子也不知所措，长大以后就陷入决策恐惧的焦虑过程中。这属于对变化的恐惧。一个朋友说：最近很喜欢看央视一套的节目。其原因是，央视一套能给自己很大的安全感。很无奈，换个台所产生的变化，都会让人恐惧。

2. 对缺陷的恐惧

一些人有完美主义倾向，他们内心希望做出的决策百分百周全，任何偏差和风险都要不得。过于完美主义的人对于一个决策也十分挑剔，但是你很难找到一个十全十美的决策，因此就会决策焦虑了。而这些过分完美主义的人，多数也是因为童年时没有安全度过心理敏感期。

3. 对责任的恐惧

当一个人害怕承担自己选择的后果，不愿意承担自己选择的责任时，他往往倾向于让别人替他选择。这也是选择恐惧的一个原因。这样的人同样也往往来自童年，他们往往成长在控制欲较强的家庭环境中，从小几乎所有选择都由父母来定，一旦自己想做主就会被家庭所恐吓，于是形成了害怕承担责任的心理。到成年以后依旧不愿自己选择。在我们这个国家，这样心态的人特别多。

我们的恐惧，因为我们是习得性动物——人，这些恐惧能让我们通过躲避而更安全。不过，这个社会总是不安全，即便不做决策，被动拖延，同样是一种决策，同样要产生变化，同样会有缺陷，也同样会承担责任，一样会陷入一个你无法接受的后果。或者，当你以为很安全时，危险就潜伏在侧。

因此，在决策的最开始，我们面对的问题并不是选择 A 还是选择 B，我们面对的问题是对决策的担心和恐惧。

4.2 你的决策口味是什么

下面，我们做一个假设：

你准备要买一台笔记本电脑。

假设你已经度过决策恐惧期，你会如何选择？我更关注的不是你买哪一台电脑，而是你的决策口味、决策风格是什么。

现在，有三个人，张飞、诸葛亮、刘备，他们的决策口味就完全不一样。

● 张飞（直觉型）

这是闪电型风格。"要买便买苹果电脑，想其他的干吗？"直接拍钱买货，不做过多思考。这样决策的人思维都很直接、简单。决策过程十分干脆。他们决策的过程就是，第一时间的选择就是我的选择。

这类人，对职业的选择完全依靠直觉，一旦感觉不爽，就会选择极端做法：辞职；但他们也比较执着，一旦想要从事某个职业，就认准了一个猛子扎下去，不达目的不罢休。

● 诸葛亮（思维型）

诸葛亮会算。"亮已算定，可买THINKPAD（联想品牌电脑之一），不必多虑。"诸葛亮说这话之前，肯定已经在家里做了很多性能对比、价格查询，甚至电话咨询，然后才出决策方案。典型的思维型决策口味就是这么做的，他们会做SWOT（战略分析法之一）分析，做决策平衡表，最后的目标绝对是经过计算而得的结果，他们自身的主观感觉看上去并未发挥作用。

这类人，在职业选择中会计算与职业相关的一切因素。钱、发展、市场、环境、产品、员工、老板……并使用一切可以使用的工具，SWOT分析、波士顿矩阵、企业年报、企业发展模型，等一切就绪，全部了解清楚，再决定自己的职业方向。

● 刘备（感觉型）

刘备的江山是哭出来的，他绝对是一个多愁善感型选手。刘皇叔买电脑，他会先去卖场，试试某一款电脑。然后会跟卖场的人聊天，并听说某款电脑很不错，拥有它就是如鱼得水、如虎添翼。然后就会亲自去试试那款电脑，反复三次，方购得。是不是很像三顾茅庐？刘备型的决策方式就是感觉型，做决策之前要体验一下不同决策的感觉，当感觉来了，就多少钱都拦不住。

这类人，强调感受。他们选择职业、行业，会选择先了解、体验，而且他们更关注"人际关系"，并很有觉察力，在感受到整个行业环境、企业氛围跟自己很匹配时再做出决策。

直觉型　　思维型　　感觉型

　　总结为一句话：直觉的人有直觉的简洁，思维的人有思维的周全，感受的人也有感受的觉察。

　　当你做决策时，首先要明确自己的决策口味，这样的好处是：能清晰自己的决策过程，决策之后内心会踏实一些。因为人类的一种本能就是给自己的行为归因，找个自己能接纳的理由。

　　但是，不同决策都有各自的缺憾：直觉型的决策者容易忽视职业的风险和弊端，他们风风火火进入到心仪的企业，但因为发现"不是想象的那样"而遭受挫败，正如张飞那样，只能依靠勇猛，一旦带兵打仗就被人使诈而吃败仗；思维型的决策者过于守正，不愿意走险棋，但是很多职业上的大发展都是出奇制胜，诸葛亮不就是这样吗，"六出祁山"总是不出奇计，从而丧失了光复汉室的机会；而感受型的决策者则过于多愁善感，特别在乎人际关系而忽视职业的方向和目标，刘备最后被火烧连营，也是因为要为兄弟报仇，而忽视了自己的职业目标。

　　而最好的选择，却是这三类选择的综合。如果观察人民军队，就会发现其军官设置颇有深意：在一个团／师／军里，都会有三个最高职务：团/师/军长、政委、参谋长。而这三个职务就分别代表思维（参谋长）、感受（政委）和直觉（团/师/军长）。这样的组合能让人民军队在艰苦的革命斗争中屡战屡胜。

职业选择也是同一个道理。

首先，把诸葛亮请出来，仔细分析各个选项的利弊，做个指标对比图：

我的需求	A工作	B工作	C工作
生活平衡			
MONEY（金钱）			
环境			
创造力			
成就感			

然后，再让刘备出场，通过看书、电影、混圈子、试用等方式体验一下几个选项的感觉；

最后，依旧纠结时，就向张飞学习，用直觉做出决策好了。

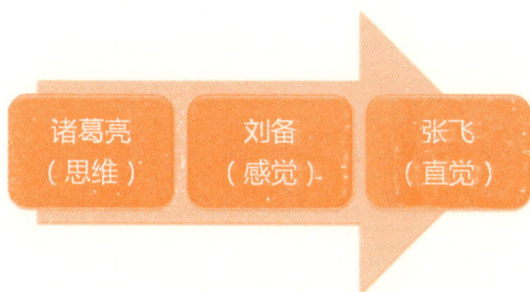

诸葛亮（思维） 刘备（感觉） 张飞（直觉）

　　同时，再给出三个建议：

　　1. 找不同的朋友做助手。因为每个人都很难兼顾三种口味。在明确自己的主要决策口味之后，最好能找不同口味的朋友做帮手。

　　2. 时间有期限。买电脑、买房子、职业选择都有期限，过时不候。因此，特别是那种思维型决策者或感觉型决策者，都给自己一个期限，能分析多少就分析多少，能体验多少就体验多少。我们要像《红与黑》里的于连那样，为了能抓住纳达尔夫人的手，而给自己的纠结设定了一个时间点。

　　3. 在试探中决策。闭门造车永远没法做出产品。职业选择也必须迈出去一步，至少要先从网络开始，多查查不同人的评价和感受，多了解不同人的体验，多同圈内人交谈。如果有机会最好能亲自体验一下职业的感受，通过试探和深度了解做出决策。

4.3 "划算"的误区

　　职业纠结的原因来自期待。期待过好或过坏，好像内心有一堆小人打架，由此产生纠结。因此，我们专门谈谈期待。

　　你知道我们期待的正确选项能带来什么好处吗？

　　按街边小贩的说法就是：划算，值。

　　我们所有的权衡，都是在权衡这几个选项：哪个最划算，哪个最值。

　　这是一个简单的公式。

　　划算：选项的收益 – 选项的成本 >0

如果这些选项都是能用金钱来衡量的，比如做生意或投资，产品售出的收入高于产品购入的成本，那这个买卖就值。买了黄金，过了两年金价上涨，那这个投资就划算。

如果这些选项不能用金钱来衡量呢？比如职业选择、人生选择、婚姻选择，甚至选择看什么电影能让女朋友开心也是没法拿钱当标尺的。

此时，我们就会走进几个误区：

误区一：收益就是价格

职业生涯选择中，我们所追求的收益仅仅是钱吗？这个问题本书之前提到过，真正的收益是价值，即：选择对每个人的意义。这其中，钱和权力也许只占一部分。收益还包括了其他很多内容：公平公正的氛围、融洽的同事关系、开心和有趣的事情、可以领悟到的智慧、光鲜的工作环境、平衡的生活方式……

不过，当我们看到"收益"这两个字时，钱和权力就偷偷把这个概念给换掉了。

工作十年的小华问："三张 OFFER（入职通知书），H 公司一个月 20K（K 即千）；Q 公司 13K，但是有少量股份，能做中层；F 公司是创业企业，一个月 7K，但是有原始期权。去哪里？"你是否看到小华问题背后的思维了？他的内心是将收益等同于钱和权力了。这样的思维，即便有选项，还是没法做出选择。诚如王尔德所言："一个功利者知道所有东西的价格，却不知道任何东西的价值。"

对于小华而言，必须再次问及自己：一份工作中，哪些价值对于我来说最为重要？是 MONEY，还是成就感？员工关系？创造力？工作乐趣？

关注收益的价值，而非价格。

误区二：成本就是付出的成本

再看成本。我们做出选择之后所付出的就是成本。同收益一样，成本也不单指金钱，还包括精力、时间、人际关系等符合价值的东西。

但更重要的，也是我们经常忽略掉的，是"机会成本"。

我们总以为成本就是一个选项的支付。也因此，我们所比较的，无非就是多个选项的成本哪个更低。但是即便真的比出来了：买山寨机的成本比买 Iphone 的成本低，去自己熟悉的行业比进入自己完全没接触过的行业成本低，这仍旧不能明确选项之间的关系。因为我们忽略了"机会成本"。

当你用同样的资源（金钱、时间）来做出一个选择时，放弃另一个选择的收益就是机会成本。

最简单的例子是婚姻，当选择了给一个人带上戒指、共同去民政局领小红本，你的机会成本就是其他所有异性以及单身一辈子。当然，你也可以选择在外面再处几个小三儿、小四儿，但这样的机会成本更大，那就是家庭破碎、道德沦亡和基本的安全感的丧失。

职业选择同样如此。

很多人都说要花三年时间读研究生，但他们往往没考虑这三年的机会成本："工作经验、工作收入……"转行同样是不少现代人常常冒出来的想法，但正如"土系魔法"所言，转行就意味着过去行业的经验和人脉打一个折扣，部分工作还需要从头再来。这也便是转行的机会成本。

而决定机会成本的关键，是我们所拥有的资源。如果是一笔生意，那资源就可以定义为所花的钱，即实际成本。同样一笔钱去卖小商品，就得放弃去开小店的收益；那么如果是职业、生涯、梦想，什么才是最核心的资源？

时间，时间是机会成本里最核心的资源。

很多刚开始工作的朋友为什么可以频繁换职业？因为转职的机会成本低。而工作十年，已经做到中层，当考虑转换职业的时候，就需要好好琢磨一段时间才能横下心来。随着年龄逐渐增大，当到四十多岁时，上有老下有小，再去做职业转换？所以，在之前，我说梦想是个"贼"，就是因为梦想在不同时间段的机会成本不一样。

因此，在关注每个选项的成本时，多想想机会成本。

误区三：不需要关注风险

小明在经过了缜密思考、职业体验之后做出了一辈子的重大决定，离开现有的市场总监的位置，去互联网团购产业做一名产品经理。他觉得这个选项很"划算"。他将倾尽全力，投身其中。

他是否充分考虑了风险？

任何一个选项所带来的收益/价值都不是当下就可以兑现的，都是未来的价值，类似于经济学中的"期权"。既然是未来的价值，就存在随机和不确定性。去做团购网产品经理，如果他规划的产品不被客户接受没有市场呢？如果他去的企业遇到波动关门倒闭了呢？如果企业要求他不但要做产品经理，还得兼职做销售、全员营销，他接受不了呢？如果大环境发生变化，团购网产生的泡沫破裂了呢？还有什么他没考虑的其他风险呢？

小明自信满满地说："这些我都考虑了。我觉得凭我现有的能力和经验，大多数风险都可以忽略。如果大环境发生变化，我也可以忍一段时间。"

他真的对风险有仔细认真的考虑吗？

风险管理，是一门学科，不是简单一想就可以的，当我们采用一套风险管理思维来考虑时，我们就会发现，想一想跟真的管理一下区别很大。我来做一个简单的风险普及。

如何衡量风险？

我们拿小明为例。刚刚的那几个问题就是几个风险，但这几个风险却有自己的分值。

风险分值 = 风险发生可能 × 风险的后果

比如：企业要求小明兼职做销售，他会问自己这样两个问题：

这个风险发生的可能性有多大？

这个风险一旦发生，后果有多严重？

他内心做了一个评估，到一个新兴企业，可能性比较大：80%；

如果发生，只要能让自己做产品，兼职做的后果不大：如果按十分制打分，可以打四分；

那么，这个风险的分值就是 80%×4=3.2 分；

于是，对上述列出的几个风险，就做出了这样一个表格：

风险描述	发生概率	后果严重性	风险分值
产品没市场	60%	9	5.4
兼职做销售	80%	4	3.2
企业关门	50%	7	3.5
行业泡沫破裂	50%	10	5

后边的流程你是否想到了？排序：

此时，根据分值进行排序。

产品没市场 > 行业泡沫破裂 > 企业关门 > 兼职做销售

因此，必须要针对重要的风险做出应对决策。

产品没市场：这个风险最严重。当没有业绩时，自己就无法被认可。如何应对呢？自己原来就是做营销的，产品没有市场，除了在产品上保证质量之外，自己会拿出一套营销策略来打开市场。如果产品还是不能达到要求，那看来就不是做产品的料，应该继续做市场。

行业泡沫破裂：破裂的经历同样是经验，同时也锻炼了自己做产品经理的能力，可以到其他行业做产品经理，同时自己韬光养晦，等未来天下有变，再次出击。

企业关门：积累一个企业关门的教训，换一家企业。

兼职做销售：太正常了，接受它吧。

然后，我们会在上表中再增加一列，见下表：

风险描述	发生概率	后果严重性	风险分值	风险应对
产品没市场	60%	9	5.4	用市场经验提升市场；继续做市场
兼职做销售	80%	4	3.2	接受
企业关门	50%	7	3.5	换企业
行业泡沫破裂	50%	10	5	在互联网其他行业做产品经理

当有了这些应对策略，风险考虑才算周全，才能达到"泰山崩于前而色不变，麋鹿兴于左而目不瞬"的境界。

4.4 几个选项最好

职业决策就是做一道选择题。我该选这个行业还是那个行业，选这个职位还是那个职位，这家公司还是那家公司，这个项目还是那个项目。

一道选择题包括：题目、选项、答案（决定）、你的选择风格。

这其中，选项是关键要素之一。因此我们看看到底有几个选项：

● 一个选项

所谓一个选项，其实就是"你干还是不干"，如果你不干，那就宅在家里，为失业率贡献一点儿百分比。一般来说，一个选项其实就是没得选。干也得干，不干也得干。

看上去，你没得决策。但是你还是可以选择：你可以选择主动地做，还是被动地做；你可以选择创造性地做，还是机械地做；你可以选择有趣地做，还是无奈地做。

小芳实习时找了一个很"无聊"的工作：在超市的糕点专柜旁边，穿着一身工作服，双手捧着一个托盘，盘里放着蛋糕小丁儿，小丁儿上边儿插着牙签，让路过的顾客品尝"样品"，并推动顾客购买。这个工作肯定没人喜欢。谁都可以选择以无所谓、面无表情的方式站在那里，但是，小芳却选择了其他的方式。她在站立的同时，仔细观察了那些眼神在点心盘和自己身上停留的人，有好吃甜食的小孩儿，有好色的男生，也有爱贪便宜的人。同时，她对这些人都投以微笑，面对有父母拉着的小朋友，就笑得可爱一点儿；面对牵着女朋友的好色男生，就笑得暧昧一些；而面对爱贪便宜的人，就笑得友善一些。同时伴随一些话语如："小朋友，来尝尝蛋糕吧！""尝一尝，把牙签儿放到这个杯子里，注意环保哦！""阿姨，好吃吗？这可是新做的，没有反式脂肪。"当客户有购买冲动时，再添把柴以达成购买。通过一次次有意思的推销，让自己找到了其中的乐趣，同时拥有了大量的销售经验，为以后拥有多个选项打下了基础。

因此，很多"没的选"的工作，其实都有的选，那就是选择一个有趣、主动和创造的心态。

● 两个选项

很多人的职业选项都是两个。

职业遇到了岔路口。

是选择继续从事研发，还是去做产品经理？

继续做技术可以让过去的工作经验产生最大价值，个人迅速升职，但是越来越不喜欢；而做产品经理，那是自己想要的，但是没有什么工作经验，待遇会大大缩水。到底该如何选择？

是选择 H 公司，还是 Y 研究所？

H 公司是大型民企，待遇丰厚，但是长期出差，压力很大；Y 研究所是事业单位，离家近，没什么压力，但是待遇较差，且很难说未来的发展。到底该如何选择？

是在企业里做职业经理人，还是出来自己创业？

做职业经理人，可比较轻松地上升，家庭事业兼顾，收入不菲，但工作不给力；而自己创业，很给力，很有梦想感，但可能朝不保夕，一天二十四小时处于工作状态中，会花掉其他身体、亲情等银行卡。到底该如何选择？

当我们仅拥有两个选项，看上去选择不多，但实际却十分难选。心理学上的"布里丹毛驴效应"在此时就会作祟：毛驴如果面对两堆数量、质量差不多的草料时，总会犹豫不决，最终活活饿死。

真的，您还不如就给我一个选项，我就把心放肚子里麻利地没的选地干下去得了。为什么偏偏弄出两个来？

不过，两个选项我也有招。

那就是，再搞出一个选项，弄成三个选项，就好了。

● 三个选项

当两个选项很难比较的时候，第三个选项的出现，如同及时雨宋公明，一下子让决策容易了很多。

因为三个选项能产生一种清晰的比较和暗示。

这是一个很浪漫的案例：

这个周末很有情调，小华和女朋友去看了一场很刺激的电影，娇羞的她依偎在小华怀里，小华春心荡漾，电影结束之后，二人打算继续来一次浪漫的晚餐。她提出吃麻辣火锅或者牛排，当出现这两个选项时，她开始犹豫不决，时间就这样流走。为了避免争吵，并能让她迅速做出决策，小华想出了一个办法。

他说："要不我们去吃比萨吧？"问题来了：后边她会怎么选？

她果断拒绝了吃比萨，因为小华知道她最近对必胜客不感兴趣。但是她很快做出了选择，去吃牛排。

上边这个故事并非杜撰。

在《怪诞行为学》（中信出版社，2008年版）的第八页，作者丹·艾瑞里展示了这样一个实验：

MIT（马萨诸塞理工学院）给学生征订著名杂志《经济学人》，给不同的被试者略有区别的两种宣传彩页：

A 彩页：

欢迎光临《经济学人》征订中心，请选择你想订阅或续订的方式：

□电子版：每年 59 美元

□印刷版：每年 125 美元

□电子版加印刷版套餐：每年 125 美元

用脚趾头都能想到，根本不会有人选择第二个选项。选择第一种的占 16%，选择第三项套餐的占 84%。——那么，如果把根本没人选的第二个选项去掉，会有什么影响吗？这就是另一张彩页的内容。

B 彩页：

欢迎光临《经济学人》征订中心，请选择你想订阅或续订的方式：

□电子版：每年 59 美元

□电子版加印刷版套餐：每年 125 美元

结果是，去掉了一个完全没人选的选项，却给最终比例造成极大改变：选择第一种的上升至 68%，而选择套餐的骤降至 32%。

实验的结论是：一个没有人选择的选项，却影响了大部分人的判断。这个选项，可以叫作"诱饵选项"——因为诱饵本身只是手段而

不是目的。

如果看懂了这个实验，再回头看看小华的行为，就很明显地知道，小华提出的"去吃比萨"，是一个典型的诱饵选项。

诱饵选项的特点就是：跟之前的两个选项之一在某几个性质上类似，比萨属于西餐，价格同牛排差不多。同时决策者往往不愿意选择诱饵选项，小华了解她女朋友的口味：不太喜欢吃比萨。

当产生了诱饵选项时，决策者凌乱的思路就一下子"清晰"了。

生活中有大量类似故事发生：

如果比较敦实的你想追学校里的美女，而二班的花心大少最近也看上了她，你可以试着给自己班里的大胖一百块钱，让大胖给美女发一个月求爱短信。在看到你、花心大少和大胖三个选项之后，美女很有可能选择忠厚的你；

如果超市里有两个品牌的酸奶没法选择，而旁边突然出现一个礼包装：选择 A 品牌酸奶会送一个水杯。你往往都会毫不犹豫地选择礼包装，尽管你的家里已经有四个完全类似的从未用过的水杯；

如果纠结于 G 公司还是 Z 公司，而此时突然出现一个 H 公司，工作环境、人际关系和待遇跟 Z 公司很相近，但是 H 公司离家很远。我们就不自觉地倾向于 Z 公司。

因此，在职业选择中，纠结于两个选项而不能自拔的朋友，可不可以给自己找第三个可能选项？

咨询者小娟从事金融行业，最近她产生了职业困惑。一家基金公司和信托公司同时向她抛出橄榄枝，但她实在没法决策。作为职业规划师，我用了思维（量表法）、感觉（体验法）、直觉（抓阄法）等各种方法同她一起分析，但她依然纠结，这两个选项太过接近以至于没法选择。当大家筋疲力尽时，我突然想到了这个办法，于是问了她一个问题：

"如果还可能有一个其他选项，你同样可以去并有去的想法，你觉得你会怎么选择？"

她考虑了几分钟，说："我还能去第三方理财机构，但是我暂时不太想去那里。"

好，我顺势把第三方理财添加到选项表中，同时又问了她"第三方理财能给你的价值是什么？你为什么不想去那里？"之类的问题。根据她的描述，可以看出，在她眼中，第三方理财和基金公司的一些指标很类似。最后，我让她再次看看增加"第三方理财"选项的选项表。让她做最后的决定。她只是犹豫了几分钟，就突然选择了"基金公司"。

我们往往会以为：基金公司、信托公司和第三方理财是 A、B、C 选项，而其背后的逻辑则是：

从来也没有 A、B、C 选项，而只有 A、B、B' 选项。而那个 B' 选项，则是一个诱饵选项，当 B' 选项出现时，我们就会倾向选择 B 选项。

所以，当你有两个选项时，拜托给自己再加一个可能的第三选项。

张总纠结于留在原传媒企业做职业经理人还是去梦想的互联网行业做职业经理人，那就给他自己找一个可能的第三选项，如果他下意识把第三选项列为：去互联网行业自己创业，此时再把三个选项做比较，就能更方便他做出选择。因为在他心目中，这三个选项可能会做如下排列：

选项	两个选择	三个选择	张总的感觉
传媒行业职业经理人	A	A	A
互联网行业职业经理人	B	B	B
互联网行业创业	—	C	B'（诱饵）

此时再让他做决定，他就会很快选择"互联网行业职业经理人"。

● N 个选项

我们总是很贪婪，当三个选项出现时。我们总会继续期待："是否还有选项？"

一定还会有选项。此时，我们要注意的是做减法。

如果是 N 个选项，先将它们归类。

小华的职业选项真多：在 A 公司做研发；在 A 公司转产品经理；到 B 公司做研发；到 C 公司做销售；转到新行业 Q 公司从研发做起，这么多选项。先归类，可以按职位归类（研发、产品经理、销售），也可以按行业归类，或者按公司归类。通过归类让选项变成了三个。假设他按职位做了归类：研发、产品经理、销售。

之后做一次筛选，三个选项的决策就会清晰。经过比较，他倾向于做研发。

然后将这类选项再次细分。A 公司、B 公司、Q 公司，这又是三个选项。他发现 B 公司和 Q 公司的企业文化比较类似，跟自己很匹配，而 Q 公司又是跟自己的希望很贴近的新行业，他可能会选择 Q 公司（对他来说，B 公司就是一个诱饵选项）。

好了！去新行业的 Q 公司做研发。

● **听从自己的内心去选择**

我在前面说了一堆选项和选择"魔法"。看上去很美。

确实是"看上去很美"。

因为有可能你使用了这些手段，依然很纠结。那该怎么办？

苹果公司的前老大史蒂夫·乔布斯是千万人的偶像，老板的主要工作就是产品决策，这样一个神人，决策方法也很神：

他的办公室是一个几十平米的空间，里边几乎没有什么家具，空旷的房间中间只有一个垫子。决策前，他会先闭目静坐，然后叫下属将相关产品的设计一并放到垫子的周围，当内心突发声音时，他就能从周围找到 Iphone、Ipad 的样子. 他就用这么简单的方法来决定选择哪个放弃哪个，搞得跟农村神魂附体的巫婆神汉一样。

他在寻找内心的选择。按王阳明的说法叫"此心不动，随机而动"。

因此，如果你该思考的都思考了，该体验的也都体验了，但还是很纠结，那还是问最直接也最简单的问题吧！

"这个选择是你想要的吗？"

听听自己内心的呼唤。

4.5 切换：来硬的还是……

在度过了选择恐惧期，同时对选项的价值、机会成本、风险都做了仔细的思考，也给自己设定了有趣的三个选项之后，答案呼之欲出。每个人内心的正确答案都开始招手，你可能会选择继续在这个企业做下去，也可能会选择切换到新企业，甚至到更有兴趣的行业里干一把。

如果你选择了转换，无论是企业还是行业，该怎么转换？

"痛快一点儿，直接辞职，然后再去找新公司。"

干脆利落自然是一种选择，但是如果一段时间内找不到新公司呢？此时，就会心慌，会质疑自己的选择；而当时间超过半年时，内心的归属感会更强大，此时颇多可能是会吃"回头草"，或随便找个工作，等心情稳定了再说。

"那就骑驴找马，那边连上，这边切断。"

骑驴找马固然好，但是你有没有一种感觉，在你准备找马的时候，是不是对自己的驴就不太上心了。你会一个接一个去参加面试，对自己的本职工作就会懈怠。而更重要的是，两边儿跨着会让内心有种不安的感觉。

● 直接分手

什么样的状况适合来硬的，直接分手，了无牵挂？

一种是自我能力很强，有独门绝技，可以靠能力赚钱的人。这样的人在以前的职业中依靠自己的能力创造过很好的业绩，比如企业的金牌销售，凭借自己敏锐的洞察力和亲和力做出最强的销售业绩。或者经验丰富的程序员、工程师，其掌握的开发技能、维修技能足以让自己不愁找不到一份工作。

这样的人，可以选择来硬的。离开了，能很快找到工作。

他们在公司里不见得已做到管理层。他们的离开,对原公司的影响不大。

一种是有足够资源和经验的人。他们已经在本行业里积累了足够的人脉、经验和能支持一阵子的财富,离开之后不会因为半年不找工作而心慌。比如,在企业里混迹多年的中层管理者。他们能承受起硬切换的风险。不过,他们选择离开的时候,需要给前公司一个交代,把后事安排好,不给老东家添乱。比如小宝,已经做到了企业中层,但想投身新的行业。在提出离职后,他足足准备了两个月,提拔了几个有能力的项目经理,并把手里的项目充分授权,甚至给高层提出接替他的人选。他的离职,既没造成部门内部的恐慌,也不影响前公司的业绩。这样,既维护了跟老东家的关系,不破坏行规,又在未来新东家眼里树立了自己一贯负责的形象,绝对可以被称为"华丽转身"。

还有一种,就是直觉性格的"张飞"型人。他们选定新的目标之后,大脑就直接发生切换,几乎一分钟都等不了。继续在原环境待着就是受折磨。与其这样受折磨,不如果断给自己一个了断。即便存在找不到下家的可能,也得承受一次心慌的感受,吃一次教训,下回就明白该怎么办了。

即便如此,我仍旧不推荐过于强悍、重口味的"先弃后取"的方式,即便在现有的企业从事现有的职业,每个人也完全有时间进入到想去的另外一个圈子当中。

● 骑驴找马

骑驴找马似乎是上上策，但是一旦找马的时间过长，就会由找马变成找骂。

因此，首先进入想进入的圈子。进入圈子，广交朋友，这是极其容易的事情，所需要的就是对梦想持续不断的兴趣和分享。怎么进？看第三章，俺都按部就班把它流程化了。

当进入圈子一段时间之后，我们自然就能了解到找马并上马的大约时间。一些小企业、创业企业、新兴行业可能能马上上马。而那些大型正规的企业，就得了解企业招聘的时间点和招聘流程，即便里边有人，也不能坏了规矩。

然后给自己设定一个期限。包括确定的几家企业、进入企业的流程的叠加。比如，进入某几家著名外企，就设定三个月。超过这个期限，就做出新的决策：先弃后取；或者继续踏实地待在现有的企业中，泡圈子，等机会。

最后，还是那个简单的道理：临走时，别给老东家添乱。来日方长。

● 骑驴跨马

有些职业，真的是可以"墙内红旗不倒，墙外彩旗飘飘"。

易中天在从事美学学术研究十几年之后，逐渐失望于这个需要关系、政绩、评奖等一系列游戏规则的圈子，开始转向"另类学人"。

但是他并不打算离开体制，转而成为了一名"吃皇粮的个体户"，"种完生产队的'责任田'（额定工作量），再种一点儿'自留地'"。他既在学校做教书这样的官样工作，又常常出现在《百家讲坛》这样的大众节目会场。这样的方式同样可以优哉游哉，在学术体制里存在，但走的却是群众路线。

有那样一类职业，就可以兼职来做。

写作。你没必要加入作协去写作，想写的话，提起笔就能写。《明朝那些事儿》写出了七大厚本，写这本书的作家"当年明月"却是在政府机关做公务员。

咨询。无论是心理咨询还是技术咨询、管理咨询，很多人都是兼职做。因为咨询的能力大多取决于经验，如果经验足够多，给企业或个人提供这样的专业服务完全可以兼职。

新闻。电影《蜘蛛侠》里的蜘蛛侠本人就是记者，他们的职业完全可以兼职。因为这是个没底薪，全靠照片和文字谋生的职业，你交付的新闻够新够靓，就会拿到薪水。如果有丰富的行业经验和人脉，获得的信息完全可以变成业内新闻。

培训师。这也是一个可以兼职的职业。很多培训师都是自由职业者，他们设计几门培训课程，同时跟很多企业签约，完成课程，拿到收入。

…………

洞悉这类职业的规律后，我发现这类职业具备如下几个特点：

1. 都是单打独斗型。写作、咨询、新闻、培训……全部都可以一个人单独搞定，而几乎不需要跟别人合作。这给我们每个人机会，只需要利用业余时间，就可以一个人完成。

2. 都需要过人的能力。这些职业都需要比较强的能力，写作的热情谁都有，但是能写出几十万字的一本书，且能赚到稿酬，读者爱看，还需要一些文笔，以及持续写到底的才能。咨询、新闻、培训也都需要有比一般人都强的技能。而这些技能如何拥有，还记得我在之前说的"一万小时定律"吗？十年磨一剑！

3. 都需要明确的成果和期限。如何通过兼职赚到钱？得按时给客户他想要的成果。写作得有书稿，咨询得有报告，培训得有满意度，烹饪得有盘菜，音乐得有自己的作品，美发得有个被剪过的脑袋，而这些成果全部都有档期，必须按时完成。

想做兼职必须符合以上特点，缺一不可。这么一来，估计不少人会直接打退堂鼓。其实，这个道理属于常识：没有过人的本领，没有诸多客户的埋单，谁能做得了兼职？

4.6 后悔：珍贵的照片

"既然做出了选择，就不后悔。"

有这样一段被传唱多年的独白，可以说明，任何选择都有后悔：

"曾经有一份真挚的爱情摆在我面前，但是我没有珍惜，等到失去的时候才后悔莫及。人世间最痛苦的事莫过于此。如果上天能够给我一个再来一次的机会，我会对那个女孩子说三个字：我爱你。如果非要在这份爱上加上一个期限，我希望是……一万年！"

当至尊宝准备戴上金箍，拿起金箍棒，变成孙悟空时，他在纠结中做出了自己想要的选择。同时，这段独白，透着无边无际的后悔。但是，也正是这种后悔透出的伤感，才能让我们感受到至尊宝看似不羁的外表下柔软的心灵，才能让《大话西游》成为经典。

即便度过了决策恐惧期，了解了自己的口味，权衡出了其中的价值，找到了合适的选项，选择了合适的切换路径……一切都是自己的选择，自己负责，但是每个人仍旧会后悔。在关于"为自己选择"和"后悔"的讨论中，曾经有人提道：

"既然是自己的选择，就不应后悔。"

似乎别人给自己的选择，就可以后悔。似乎后悔就是软弱可耻失败的表现。

我实在想不明白这其中的逻辑。

我的逻辑是：

后悔是一种情绪，它跟是谁的选择无关。

而更重要的逻辑是：任何人做出选择，都会后悔，即便是一瞬间的感觉，也同样是后悔。

我们应该做的，不是不去后悔。而是怎么去后悔和怎么面对后悔。

● 人生不能重来，但可以后悔

每当跟朋友谈起人生，我们都不约而同地叹气："如果人生像玩儿游戏一样，可以每隔一年存个档，到后边儿感觉不爽，就把之前的档取出来。如果是那样，我就先把 2003 年的档取出来，然后贷款买几套房子；把出生的档取出来，让自己生在官员家里；把昨天的档取出来，按今天的中彩号码买上十注……"

正是因为如此，人生才没有"存档／取档"大法。

所以，任何人在做出生涯选择的时候，都是在走一条"不归路"。这话怎么看怎么像《法制周刊》之类的杂志里常出现的话语，本身就充满了后悔和悲哀。

后悔，意味着我们存在并做出选择。说得更玄乎一点儿，后悔，恰恰意味着审视自己做出的选择。因为不面对选择，往往会采用逃避的方式，比如有意识地遗忘。这么看，劝诫别人 "不要后悔" 是否才是不愿正视而刻意逃避遗忘的手段呢？

老帅哥刘德华唱《男人哭吧不是罪》里有一句歌词：

"明明后悔的时候，却忘了心里怎样去后悔。"

每当品味后悔时，就觉得这句歌词实在是精妙不过，道出了那些 "不后悔" 之人内心的感触。

即便如此，我们依旧需要明确怎样去后悔。

后悔是需要管理的。

● 接受后悔

当产生后悔或预感后悔的时候，与其抗拒、忘却、欺骗，不如让后悔在自己的身体里停留一阵，叹口气、哭一哭。此时，当我们接受已经产生的后悔之后，后悔反而并不可怕。当知道 "男人哭吧不是罪" 时，男人哭一哭反而让心情变好。

现在满世界都是诸如 "世界十个不去就后悔一辈子的圣地" "五十部不看就后悔一辈子的电影" "一百个不吃就后悔一辈子的小吃" 之类夸张的说法，使人心头发痒，生怕没去过、没看完、没吃完就死翘翘了。殊不知，与其害怕这样的后悔，还不如去几个地方、看几部电影、吃几次好吃的，吃不着再认后悔。这样你是不是就敞亮了？

后悔的价值，是令我们重新审视过去的选择。通过发现后悔背后的原因而采取更积极的行动。

● **莫沉迷于后悔**

沉迷于后悔的人有没有?

沉迷后悔终身成就奖非"祥林嫂"莫属。

"我真傻，真的。我单知道下雪的时候野兽在山坳里没有食吃，会到村里来；我不知道春天也会有……"说一次还能得到很多人的同情，但是天天说，人们就开始嫌弃了。这便是沉迷在自己后悔之中的表现。

诚然，祥林嫂所遭受的苦痛是常人无法想象的。而我们仅仅是职业选择的一点儿后悔，却依旧容易进入一段时期的沉迷。因为沉迷于后悔可以让自己感到安全，我们会给自己一个很好的理由：

我现在所发生的一切问题都是因为当初所做的选择，未来还会发生类似的问题，同样因为我当初的选择。

然后，就不采取任何行动，继续后悔，直到海枯石烂。好悲情。

后悔，可以帮助我们重新审视选择。但是沉迷于后悔，却只能令我们浸泡在自己描述的"错误"之中。

预防沉迷的最好办法并不是"沉迷预防软件"，而是"仪式法"：

首先，给后悔设定一个期限。

其次，在此期限之前，尽情后悔、哭泣。

最后，也是最重要的，当期限来临时，给自己一个很庄重的仪式，只是做一点儿不太一样的事情就可以，比如：沐浴、吃顿素餐……然后在内心告诉自己："后悔已经结束了，我得做出行动。"这又是一个咒语。多念几遍，奇迹就会发生。

● **风险管理发威**

此时，我们是否发现，之前提到的"风险管理"，其实就是埋伏下的一支精锐部队，后悔时便开始发威了。

第一步，把风险全部列出：

当我们后悔的时候，你后悔的事情是否在风险清单中存在？选择跟一千公里外的女友结婚，但后悔聚少离多。选择走全新的领域，但后悔初期难出业绩。聚少离多，初期难出业绩是不是就是风险？它应该已经存在于风险清单中。

如果你已经考虑周全，那么你所后悔的事情就如同浮雕一样凸显在风险清单之中；如果当时未考虑周全，那也没关系，至少在风险清单里，留了一条"未知风险"。

第二步，计算风险分值：

风险分值 = 风险发生可能 × 风险的后果

我们后悔的事情是否风险分值比较高？如果分值比较高，那真的要恭喜主公贺喜主公，这说明你对风险的评判绝对准确；如果分值并不高，那更值得欢呼，这说明我们在风险发生前就能重新评价风险，逃过了一次误判。

第三步，风险应对。风险应对有 N 种方案：

如果能做好风险应对，即便后悔，也有对策，每种方案都能降低后悔的痛苦程度。

异地婚姻聚少离多，多坐几趟火车飞机，给铁道部和航空公司交点儿钱就 OK（好）了。而且小别胜新婚，咱们不追求时间，追求质量，兴许更快乐、销魂。

新行业初期难出业绩。找到业绩提升的关键点，结合自我优势，投入一年，同时降低业绩期待，兴许会有意想不到的成果。

● **N 年以后的回眸**

其实，我们总是混同了两个词：后悔和遗憾。

在我们做出改变的当下，我们会后悔；而多年之后回顾过去所产生的"我真希望当初……"的感慨，则是深深的遗憾。人们总是在多年以后对当年没有勇气做出的选择所"遗憾"：我希望有勇气过自己真正想要的生活，而不是别人希望我过的生活；我希望当初有勇气表达自己的感受；我希望当初能多陪陪孩子；我希望当初能活得开心一点儿……

因此，如果选择之后即面临后悔，那就设想一下：

十年以后的那个早晨，你在做什么职业，享受什么工作，家庭如何……

那时，如果你回顾十年以前的你所做出的选择，它带给你的价值是什么呢？

人们常说"世上无后悔药可卖"，HOWEVER（然而），咱们这里卖的就是"后悔药"：

后悔药：

1. 小小地后悔一下；

2. 发现后悔背后的价值；

3. 给后悔一个期限；

4. 回顾风险管理；

5. 从 N 年后回眸。

让后悔成为一张珍贵的照片，偶尔拿来怀念。

第五章

火系：
燃烧吧小宇宙！行动起来！

"我已经想好了，向售前方向转型，我打算先接触这个圈子，学习市场营销、产品设计方面的知识，一年以后我就是一名售前产品经理了。"在经历了风系魔法（自我兴趣和价值的分析）、土系魔法（自身经验和职业分析）、水系魔法（纠结的决策）之后，小华终于确定了一个很靠谱儿的目标。

三个月过去了。当问及小华的职业时，他很无奈：

"别提了，最近到处出差，哪有时间学那些东西，也没机会跟这个圈子接触啊。"

又过了三个月。此时他几乎把产品经理的方向忘在了脑后，忙完本职工作之后，每天的业余时间主要用于刷微博、网上斗地主、玩"拖拉机"、连连看、愤怒的小鸟、植物大战僵尸。他甚至忧虑地说："连续一个星期，我每天的空闲时间就只是在玩儿'植物大战僵尸'中的屋顶的那一关。为什么会这样？"

半年了，连售前的知识都没接触，更别提认识个把市场经理了。

类似的事件常常发生在我们身边。

下决心准备锻炼，办了一张一年的健身卡，为了能给小妹妹秀一下自己的六块腹肌，但是当网上一堆好玩儿的游戏和大片突然出现时，你的健身计划就几乎泡汤，半年了几乎没跑过步，游过泳；

知道了"你不理财，财不理你"的价值，看到了活期存款永远打不赢高企的 CPI，于是下定决心去银行开个基金账户准备理财，但是三个月积累了一万块活期存款，却总是有各种原因走不到银行；

对哲学突发兴趣，买了《中国哲学简史》《西方哲学史》等各色哲学书籍，半年之后，这几本书的外部塑料封皮都没揭开过，而旁边的武侠玄幻、修仙穿越等小说却被翻烂了；

好吧，我承认，我也是这样的。

…………

这就很让人纳闷了，因为每个人都已经对选项做了充分思考，下定决心，看似一切准备就绪，就等"发令枪"响，开始梦想旅程了。

但是为什么"发令枪"迟迟不响，难道没火了吗？

嗯，确实是没火了。

那为什么会没火了呢？

如果没火了，给点火苗是否就行了？是不是还得要干柴，要氧气呢？

该如何点这堆火呢？

因此，我们需要火，也就是火系魔法。

这个魔法会教我们如何让自己行动，怎么行动，行动内容是什么。

5.1 搞定拖延有办法

有人说拖延是种病，人称"拖延症"。甚至有很多专家还做过关于"战胜拖延症"的培训，讲得极其生动。不过那帮家伙也是典型拖延者，如果自己没有体会，怎么会讲得那么生动？

当我们在"正事儿"上拖延的时候，我总会问每个人这样一个问题："为什么我们玩儿游戏、看大片儿、看网络小说、吃甜食不拖延呢？""既然你拖延，那索性什么事情都拖延算了。"

下面这一段研究文字来自"果壳网"的《我知道你为什么拖延》：

"1999年，里德（Read），艾森斯坦（Loewenstein），卡亚那拉曼（Kalyanaraman）三位闲得无聊的专家进行了一项研究。他们找来一批人，让这些人从24部备选电影中选出三部。候选名单中有《西雅图不眠夜》《窈窕奶爸》这样大众口味的片子，也有《辛德勒的名单》《钢琴家》这样的经典电影。看看观众是愿意看娱乐性强但是没什么深度的片子，还是去看更有内涵也更费脑子的作品。实验对象各自选出了自己感兴趣的三部电影，研究人员随即要求他们从中选出一部马上观看，再选出一部在两天后观看，最后一部电影留在四天后观看。

《辛德勒的名单》出现在了大部分人选出的三部电影之中，因为大家都说这是一部好电影。然而，只有44%的观众选择在第一天观看这么深刻的电影。大部分人在第一天还是兴致勃勃地观看了《变相怪杰》《生死时速》这样'低俗'一点儿的片子。人们好像都喜欢把好片子放在后面，在第二部和第三部电影的观看选择上，分别有63%和71%的人选择观看更高品位的片子。之后，三位专家又进行了另一项实验，参与者被要求选出三部片子一口气看完。这次，选择

《辛德勒的名单》的人只剩下之前实验的 1/14。"

我们为什么拖延，因为我们喜欢选择马上就能让自己感到快乐的东西（比如那些好莱坞大片儿、网络小说、甜食），而把那些未来有价值，但不能马上使人快乐的东西（比如那些经典影片、名著、健康但不好吃的食品、必须经历单调过程的兴趣）放在未来。这被称为"即时倾向"，或者"现时偏向型偏好"。

当看到这些原因的时候，我们就明白了真相。

被我们拖延的事，无论是职业上的、兴趣上的，都是因为这些东西要么当下的价值不够，要么当下所付出的代价不够。所以，很多人讲"活在当下"，无非就是给自己的"即时倾向"找个很冠冕堂皇的理由。再强调一遍：

被我们拖延的事，无论是职业上的、兴趣上的，都是因为这些东西要么当下的价值不够，要么当下所付出的代价不够。

问题本身就隐含着答案。

因此，这里会告诉你如何应对拖延：

1. 让拖延的代价提前到来

历史上类似的案例比比皆是。项羽用"破釜沉舟"的方式告诉士兵，如果拖延，后边就是死路一条。于是，"百二秦关终属楚"；勾践用"卧薪尝胆"的方式告诉自己，拖延越国复国的代价就是天天睡柴火、舔苦胆，眼睁睁看着西施被吴王占有，终于"三千越甲可吞吴"。

如果是我们的职业决定、兴趣投入、梦想实现，那么就好好地恶心自己一下，想象拖延下去的后果：到老了，腿脚不利落了，回忆起当初未完成的一切，说出那些后悔的话："要是当初我能 ×× 该多好。"或者将自己置入不赶紧为了选择做点儿什么就完蛋的境地：

花大价钱去上个学，都花了这么多钱，不学出来点儿什么不甘心；

把房子卖了，钱都交给老婆管理，不实现梦想，就没钱花，这招也比较狠；

而对于我写的这本书，那就是跟编辑把合同给签了，合同里明确交稿日期，过期是有惩罚的。

在我上大学时，有个很老的老师给我们讲很艰深的数学物理方法的课，各种公式回回写满一黑板。当我们痛苦地长吁短叹时，她问我们："我教了几十年书。你们知道哪届学生一看到公式就起劲儿，每天除了吃饭睡觉就是学习吗？"

"是1977年上大学的那一届。"她的表情很凝重。

"他们最适合上学的年华，全部因为"文化大革命"而失去了。对知识的渴望真的就如同渴望两个字一样，很渴地望着，任何一点点知识就像沙漠里的一滴水一样很快就被他们吸干了。"

这些话弄得我们很汗颜，于是咬牙继续推公式。

1977年的大学生，他们是"被"拖延的一代，如果想象一下自己年轻的十年也在"运动"中度过，这个巨大的代价会让我们拼老命自我成长的。

人们对损失的难受心情胜过得到的快乐心情。因此，先让自己痛，看到拖延的代价，就会因为"避免损失"而迅速行动。

2. 让未来的价值和快乐提前到来

类似案例依旧很多。北宋名将狄青征讨侬智高的时候，就用了装神弄鬼的方式：在所有士兵面前把一百枚铜钱撒到天上，如果正面全部朝上，则意味上天保佑我军必胜。结果老天爷真的开恩让一百枚铜钱全部正面朝上。由此狄青要求把所有铜钱都钉在地上，好让所有人都见证奇迹。于是士气大振，士兵们打仗都勇敢冲锋，取得大捷。最后回到营地，他让人把钉子拿开给每个士兵再看看这一百枚铜钱，发现这一百枚铜钱是特地制作的，正反两面都一样。这就是典型的把未来价值提前赋予的明证。

历史上的农民起义和革命无不是采用类似方法，从"苍天已死，黄天当立"的张角兄弟到"吃他娘，喝他娘，闯王来了不纳粮"的李自成，从"大楚兴，陈胜王"的陈胜到"无处不均匀，无处不饱暖"的太平天国，均是用口号来把未来的"愿景"直接摆在老百姓面前。因此，伟大革命导师列宁说过一句话，"革命就是人民群众的盛大节日"。过节好不好？太好了，我们要马上过节，于是就马上起来革命。这就是典型的未来价值回归。

那么，如果是我们每个人的职业、事业、梦想呢？

那就多想象这些所带来的价值：

互联网创业，想象一下我们的网站用户数超过百万的情景；

做产品经理，想象一下我们的产品被百万人使用的情景；

做广告设计，想象一下我们设计的广告矗立在大厦顶端的情景；

照顾小孩，想象一下小孩长大了其乐融融的情景……

这同样能产生动力。

3. 价值和代价一定要结合

光有代价，做事的目的就只有"逃避"，只想着尽快把事情做完。比如，家里打扫卫生，如果光有代价，即：想象一下几个月不扫地拖地时厚厚灰尘的状态，然后逼自己去打扫。这样会使打扫的过程极其痛苦。如果把价值添加进去，想象一下，一切都打扫完，窗明几净，地板上干净得能反光，是不是就会有点儿动力，痛苦就会小点儿。

如果光看到价值呢？同样不行，因为当我们总是想象愿景实现的时候，我们会产生一个错觉，就是认为那个梦想已经实现了。此时我们就成了典型的"空想家"。看到价值的同时一定要恶心自己：不行动，职业目标达不到，那就是遗憾、后悔、追悔莫及、祥林嫂。这样同样会产生动力。

因此，我特别喜欢"痛快"这个重口味词汇，痛并快乐，让情绪先坠落谷底，然后又升到云端，有那么几次就不会拖延了。

5.2 我们要马上行动……吗

那就别拖延了，马上行动。

去按自己的职业选项行动吧！

可是要行动什么呢？

转换职业？下驴找马、骑驴找马还是骑驴跨马？

进入圈子？找人脉、学知识还是游戏规则？

还是学习知识和技能？一万小时这么练下去？

这一切都可以作为某种意义上的行动，但是我们是否发现，盲目的行动效率却很低。当行动目标明确时，如果不对目标做更深层次解读，做出的行动就有很大盲目性。

当做项目经理的小华决定两年后成为管理咨询师时，他马上开始多管齐下，先找到了管理咨询的圈子，然后又开始读企业管理的书籍，同时报了一个培训班，这一切搞得风风火火。但是，三个月之后，他接到了一个新项目，他发现时间很难排开，工作时间就已经占到了每天十小时，另外还要出差在外，培训班参加不了，圈子里的活动也很难加入，看书的心情也逐渐没有了。于是，马上开始的行动，因为四处点火而告急，最终胎死腹中。

因此，我们必须要清楚，马上开始的行动，到底是做什么行动？

还是以小华为例，从项目经理转做管理咨询，这本来是挺靠谱儿的选择。根据自己的兴趣、价值观和能力做出的定位，并且也评估了行业整体的发展和人脉的积累，而且还下了很大决心。但是为什么还被搞得方寸大乱呢？因为他并没有把目标分解成一个个小目标，并没有给自己一个计划：先做什么后做什么，需要花费自己多少资源和时间。因此，马上开始的行动并不是职业发展，我们需要的是马上开始拟订一份可操作的计划。

● 把目标分解成小目标

结过婚的人都知道婚礼是很繁杂的一件事。这个事跟职业发展的计划类似。如果你是委托婚庆公司办的婚礼，不如 DIY（自己操办）的体验更为丰富。

小薇和小康是新婚夫妇，定于 12 月 16 日举行婚礼，这就像一个职业目标：在两年后成为一名管理咨询师。

之后，如果这对夫妇马上开始订酒店、婚车、请亲朋，布置场地，买花和礼物……我敢保证他们一定会落下什么重要环节。或者漏找了化妆师，或者没找摄影师。因此，确定了婚期之后的下一步，是订计划。

我们可以把婚礼的目标全部拆解。最方便的方法是拆成人和物。然后再拆。

人：亲朋、主持人、证婚人、伴郎伴娘、双方父母；

物：酒店、现场装饰、婚车、新郎新娘服装。

之后再明确不同人的工作任务和目标，不同事情的内容和目标。比如：主持人的工作就是从头到尾调动所有人的情绪，目标就是让大家开心。现场装饰的目标是在 12 月 14 日完成，花费五千块钱，创造热闹温馨的气氛。

然后再一个目标一个目标地完成。

这样是不是就显得很靠谱儿？

职业目标同样如此。

如果是两年内从项目经理转到管理咨询，那分解开就是：人脉、能力、企业、谋职。

人脉的目标：一年内认识三名行业内的牛人；

能力：一年内学习四本基本书籍，参加一个培训班，达到管理咨询的门槛儿要求；

企业：从国际国内的管理咨询企业中选择五个最可能进入的完成内部联系；

谋职：准备简历、牛人推荐等。

● 给每个小目标设定一个时间段

之后，就要确定每个子目标的起止时间。

此时，我们得先分析清楚目标的逻辑关系。如果是结婚，应该先订酒店还是先通知亲朋？这似乎很容易理解，一定得先订好酒店，然后再通知。但如果不思考一下的话，很多人就会先通知亲朋，然后再订酒店，最后发现亲朋都不知道婚礼地点，于是又重新通知了一遍，结果一些人就没通知到。

切换到职业上来，我们是先了解这个目标职业的知识，还是先链接行业人脉？如果不了解目标职业的基础知识，谁会认为你想进入这个职业？小华很想做互联网的电子商务，如果他问的问题都是"B2B和B2C到底有什么区别？""什么是P2P？"这类很"二"的问题，那真的会让人有挠墙的冲动。

因此，各个目标依旧是有逻辑关系的。总的来说：先学基础知识，然后虚心求教，再投入培训，同时发挥人品，链接高手，最后完成切换。

之后，我们才要考虑每个目标的持续时间是多少。比如：

人脉：持续时间半年，一个月寻找相关论坛、微博找高人，两个月了解行业内的游戏规则，三个月联系行业内高人；

能力：持续时间十二个月，先从容易的开始，每三个月看一本书；在第三个月参加两个相关的咨询师培训，在培训中拓展人脉；在本项目中训练咨询的沟通能力；

企业：用两个月了解整个行业的十个著名企业的状况，企业要求、企业待遇、企业发展和招聘信息；用半年找到目标企业可转介的人；

谋职：半年后准备简历，并请高人推荐。

另外，还记得我之前说过的风险管理吗？是的，此时也把可预见的风险考虑一下。比如：时间风险，安排好的培训和项目撞车；大环境风险，突遇金融危机，各个行业裁人；家庭风险，计划外艳遇，计划外怀孕……风险这样的事情一定要考虑。

这样，一份简单的计划就应运而生了，真的很像我们做的项目管理。甚至，如果你特别"理工"的话，还可以做一份甘特图。

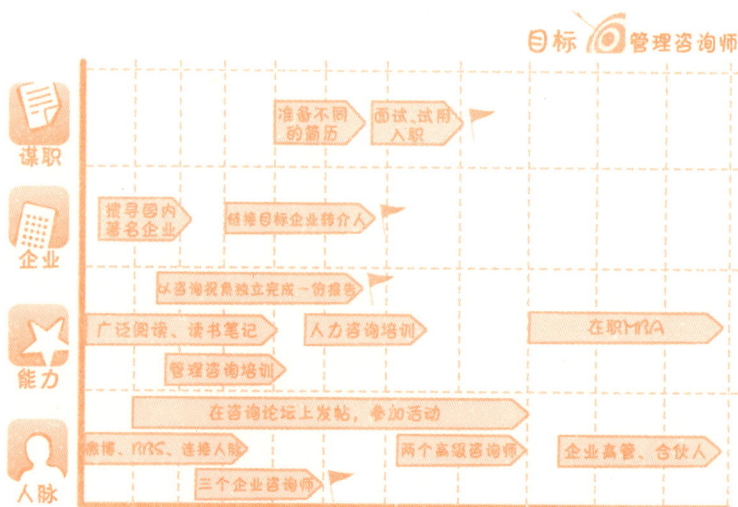

● 别把时间分解得太细

很多哥们儿看到这个计划就觉得很靠谱儿，于是他们就把自己的职业计划列得十分详细，细到每天做哪些事都列出来：起床大便，坐在马桶上看十页书；中午吃完饭上论坛发两篇帖子；晚上七点半看完《新闻联播》，感觉很幸福，再赶快学一小时英语……

拜托，可不可以让自己的生活有点儿弹性？

计划做得太细，就是这个后果。当把计划做细之后，我们就会自然而然变得机械，我们的情绪就会变得郁闷烦躁。实现梦想是件很快乐的事，搞那么难受的话还不如把梦想扔掉，得过且过的好。

那怎么才能把握好尺度呢？

给自己的目标设置关键节点，用关键节点来限制住每个小目标的达成。

比如：在半年内发表二十篇关于管理咨询的博文。看完三本专业书籍，并完成读书记录。了解行业的十家公司，完成一份报告。三个月内参与到相关论坛中。

至于每天干什么，就交给市场经济，别算计了。

● 在变化中计划

计划跟不上变化，这似乎总会发生。因为事情总在变化，突发事件的发生反而成了常态，当初看上去很完美的计划在操作中被发现不那么靠谱儿，过高估计了时间，过高估计了自己的能力，忽略了外部的大环境可能发生的变化。

那么，是否可以不做计划？

谁都明白答案是：否。

但是原因却很难说清楚。假如不做计划，后果就很明显，热力学第二定律已经说明白了，一切都会朝熵增加趋势发展，即朝更混乱的方向发展。那么计划和变化又有着什么关系呢？人们总会认为，计划就是为了遵守的。按计划执行，这似乎是一个信念。但是，正是因为这个被植入的信念，使得中国经济"被计划"了很多年，直到总设计师邓小平提出了"社会主义也可以搞市场经济"这个十分高明的思路。

当我们将目标区分开来，做计划本身的意义也就可以分开。如果目标是经过充分论证的、短期的、稳定的，那么"按计划执行"必须成为信条，计划是绝对的尺子。建造一座大楼或制造一辆汽车如果没有图纸是不可思议的。我们必须花费巨大的时间在开始编制绝对细节的计划上，同时，一旦执行中发生变化，则必须回顾计划并更新计划，重新"按计划执行"。

但是，**当目标是可变性很大、长期、不够稳定的，计划就会扮演另一个角色：参考系**。比如企业发展、一个人的一辈子、国家的长期策略。制订计划的目的是在执行中以计划为参照，来观察变化和计划的差值。

小说《挪威的森林》中有这样一句话："死不是生的对立，死是生的一部分。"同理：计划不是变化的对立，计划是变化的一部分。

正是因为做了计划，才能观察到变化的根源；正是因为有计划才能观察到实际与计划的不一致；正是因为有计划才能观察到对时间估计的偏差，也正是因为有计划才能观察到对自我能力和价值评价的偏差。

当变化产生时，原来的计划就成了"参考系"。通过对比，可以发现变化的偏差和趋势。此时，我们不必沮丧，反而应该兴奋：幸亏之前有了一个不太靠谱儿的"计划"做参考，否则我们根本不知道发生了变化和为什么变化。

之后，我们也许会因变化而重新计划，甚至会重建目标。小明想做团购网产品经理，当遇到团购网集体消失的局面时，如果撞了南墙还不回头，那我们在佩服其执着的同时，也会感到一点儿痛心。因为，其实他完全可以重建目标，让自己淡定。

到底是什么因素能让我们可以改变计划，甚至改变目标呢？是因为我们有一些"不变"的因素。

● 清楚最核心的"不变"

对于一个进入职场的成年人而言，真正不变的东西并不是来自于职位，而是来自于自我。此时，我们要施展那个神奇的风系魔法：

职场中，我们拥有什么能力？开发、数据分析、沟通、策划、创意、管理、协调、亲和、坚持、细心……

我们在乎的价值观是什么？我们一辈子的意义是什么？智慧、助人、成就感、人际关系、公正、生活平衡、新奇……

依据稳定的能力和价值观，结合外部环境变化，根据行动改变计划甚至目标。

比如，还是那个想做团购网产品经理的小明，他的能力可能是设计、创意、写作、细心，而他工作的价值观可能是新奇、智慧、成就感，当团购网泡沫破裂时，他可以改变目标，去搞互联网的其他新玩儿法，如：威客、位置业务、社交网络……

5.3 得寸进尺的诡计

你们有没有接到过保险公司打来的"赠送保险"的电话："您好，我是梦想保险公司的，近斯我们举办大酬宾活动，特别赠送给您价值十万块、期限一年的人身意外保险。"如果你不在三秒钟之内挂断的话，你很可能会接受这个免费保险。于是你就会提供姓名、电话、邮箱、地址。对方就会把保单寄给你。

之后，过了三个月，你又会接到电话："您好，这里是梦想保险公司，您曾经买过我们的保险。我们近期有一个活动……"又是个免费活动，可以获赠价值一百块钱的礼品，于是你去领取了礼品。

再过三个月，还是同样公司的电话，这回就是保险推荐。比如一个产品，每个月存一千块，能享受大病、分红、返还等各种优惠。

此时，你会不会动心？

至少，当你真的感觉有必要买保险时，这个公司的产品会第一时间进入你的脑海。

但是，假如这个保险公司不做前面两步的赠送，而是直接给你打电话推销自己的产品，你非但不会动心，反而会冷漠地马上挂断。

这同样适用于你的职业发展。

你的职业理想可能是个三年的大计划，甚至是长达一辈子的巨人计划。但是你总想一口吃成个胖子，半年内成为"高人""导师""大师"。不过，很抱歉地告诉您，这个想法会让你的梦想成为噩梦，最后你会觉得所有梦想都不靠谱儿。

小威对培训师很感兴趣，因此想成为一名知名的培训师。但是她希望能快一点儿，花两年时间就成为"导师"，她想知道有什么办法。

我问了她一个问题："你玩儿过植物大战僵尸吗？"

"玩儿过。"

"喜欢玩儿吗？"

"还行。"

"那假如这个游戏是这样开始的，首先，你手里的武器只有向日葵和豌豆射手，但是敌人却是成群结队的铁桶僵尸、橄榄球僵尸、矿工僵尸，你能玩儿得过吗？"我一边说，一边打开这个游戏给她看。

"废话，当然玩儿不过。"

"那如果这个游戏就是这么设计的，你还会喜欢玩吗？"

"这是脑残的人设计出来忽悠人的。"

"哈哈，你想花两年时间成为培训导师，是不是也很像这个植物大战僵尸呢？你的能力也只是向日葵和豌豆射手，而你面对的挑战却是很牛的铁桶僵尸。你会玩儿你自己这款忽悠人的游戏吗？"

她有所理解："那我该怎么办呢？"

我还是继续诱导："植物大战僵尸是怎么办的？一开始的挑战一定只是最容易对付的僵尸。随着你的过关，游戏会给你很多有新技能的植物，并将挑战也升级到对付更牛一点儿的僵尸。这样直到最后的僵尸博士，而此时你已经拥有玉米大炮了。这才能吸引你玩儿下去。"

她此时就恍然大悟了，之后就将导师的目标调整成基本培训师。

如果常玩儿游戏，你就会发现，一切好玩儿的游戏，全部如此设计：开始时你的能力低，敌人也没那么厉害；但是你总是能费一点儿劲儿就能毙掉敌人，得到点儿小甜头——升级；升级之后，能力变高，你发现敌人的水平也高了；但还是费点儿劲儿就能毙掉敌人……这样一直到最后打老怪通关。整个的体验几乎是完整的高峰体验。这个流程被心理学家称为"心流"。

还记得我之前说过对兴趣的定义吗？"忘了时间忘了我。"兴趣其实也是"心流"。

悲哀的是，纵观我们的教育，却是完全相反。小学一上学就给一顿"杀威棒"，看看这道小学数学题：

有一只熊，掉进了一个 9.832 米深的坑里，用了 1 秒钟．问：这只熊是什么颜色的？

谁会做这道忽悠人的小学数学题？大人都不会做。但是我能体会到出题人的良苦用心和无厘头式的荒诞。于是我们就很容易理解为什么小朋友不爱学习了，因为这就是脑残版"植物大战僵尸"。

这么看，如果有一种既能提升教学水平，又能降低网瘾的有效方法，那就是：

让游戏设计师和教育者角色互换。

让游戏设计师来设计教学课程，学习中有经验分、PK（对决）、小意外、支线情节和隐藏敌人，那学生一准跟热爱玩游戏一样热爱学习：今天开始打"二元一次方程"这个关卡了，如果打赢了，我们队就能得到"摩擦系数"这个宝物，然后可以攻克"斜面力学分析"这个支线关卡，拿到一枚"斗士"勋章。

同时，让我们的教育者来设计游戏，也一准能把所有游戏都设计成 VERY HARD（极难）版，谁也不喜欢玩儿。

…………

所幸，现在的教育改革已经在做改变，至少，年轻老师都曾经是游戏高手，都有真实感觉。

…………

如果追溯一下原理，这就是传说中的"登门槛效应"。

1966 年，美国心理学家弗里德曼曾做过一个实验：派人随机访问一组家庭主妇，要求她们将一个小招牌挂在自家的窗户上，这些家庭主妇都愉快地同意了。过了一段时间，再次访问这组家庭主妇，要求将一个不仅大而且不太美观的招牌放在庭院里，结果有超过半数的家庭主妇同意了。与此同时，他派人又随机访问另一组家庭主妇，直接提出将不仅大而且不太美观的招牌放在庭院里，结果只有 17% 的家庭主妇同意。

如果再追溯一下自己的老祖宗理论，也同样能搞得到，那就是理性而光辉的荀子，《荀子·劝学》中说："不积跬步，无以致千里；不积小流，无以成江海。"

因此，当我们取得了几个小的成就，我们就会产生一种感觉：我还能取得更大的成就，而此时就正好会有高一点儿的挑战摆在面前让我们去取得，恰如玩儿游戏，开始杀小僵尸，最后打大僵尸。

对于我们的职业梦想之路，我们应如玩儿游戏一样玩儿好我们的职业梦想。

别想一下子到专家、大师，先得寸，然后再进尺。

就拿写书做例子：

如果想着马上就写出一部十几二十万字，几万读者爱看的图书，那就废了。首先，我们排除像某些写书的那样，东抄抄、西贴贴地做个"伪书"；再排除那些领导出书，可以由一堆连署名都不要的下属代笔。如果真的是自己一个字一个字地写，你就得像上讲的节那样，先把一本书的大目标分解成一个个小目标：

写不出全书，列个目录总可以吧；

对于每小节，一口气写不出三四千字，那再搭个框架，描述一下这个小节要写的摘要，二百字，总可以吧；

然后写一段三千字小节，总可以吧；

一个小节写完了，按这个套路重复，总可以吧；

最后，就全写完了，总可以吧；

光分解小目标、完成小目标还不行，还得再干一件事：

庆祝。

如果不庆祝，我们就会没有成就感，从而没有了完成下一步目标的能量。庆祝的方法有很多，喝一杯，吃一顿，看场电影……不一而足。最好的方法是：在完成目标之后，给自己一个内在收获——学到了什么知识和技能，今后会怎么用。这就好比植物大战僵尸，过了一关，得收获个新植物才给力。

5.4 遭遇瓶颈怎么办

每个人的愿望都是所有职业梦想的实现都能跟玩儿游戏那样：目

标分解成小目标，完成小目标，获得小成果，继续完成，最后达到最高梦想……真美好。

才怪！

上帝是不允许这种状况发生的。

因此，我们的成长曲线从来不是线性的，所谓的"一分耕耘，一分收获""种瓜得瓜，种豆得豆"完全是哄人的。真实的成长曲线往往是阶梯状的，即：刚开始会提升很多，但是很快进入到一个平台或震荡期，在这个阶段没有任何进展，甚至会有所退步，在经历了一段时间的震荡期之后，能力重拾，又迅速到达新的瓶颈期，然后重复如此。

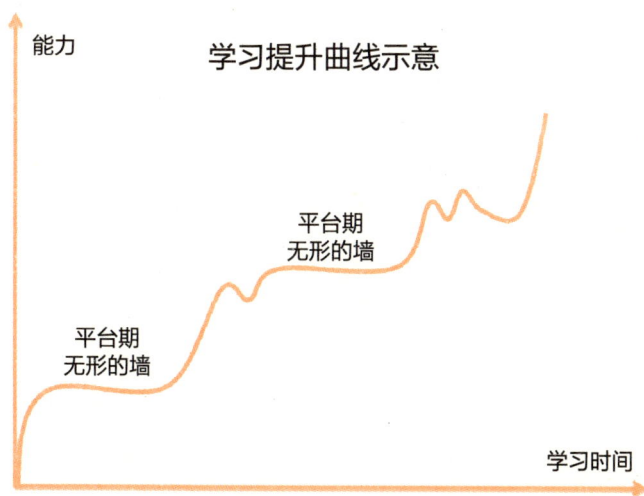

学习提升曲线示意

能力

平台期
无形的墙

平台期
无形的墙

学习时间

这种现象在长时间大运动量项目如长跑、游泳中经常出现，体育中学名"极限"，就是运动了一阵之后就感觉身体完全不听使唤，力气如同被吸走了一样，浑身发疼，身体给出的一个信号就是"休息"。

用魔法语言来说，就是"遇到无形的墙"。

我们的职业行进中，同样会"遇到无形的墙"。

所以，很多人退了下来。运动出现"极限"，就停止；减肥遇到瓶颈，继续开吃；练书法遇到瓶颈，算了。就如第二章所述，兴趣遇到了枯燥挫折期，就挥一挥衣袖。仔细一想，这其实很正常，否则全天下都是能人，不符合高斯分布或 20/80 分布。

因此，遭遇到瓶颈的最可行办法，就是认栽，逃避。

但是认得了一时，认不了一辈子啊。特别是遇到某个偶然状况，一不小心度过瓶颈期，获得了全然不同的体验，进入了新的能量通道之后，我们就会产生一种不甘心一辈子平庸的感觉。

阿星就是这样，他到一家大国企的工作任务就是组织会议。这是个细节工作，做这项工作对于很有细节处理能力的他而言确实挺有成就感。开始时他还尽心完成，并自我感觉良好。但干到了四五次，会议规模越来越大，他开始忙不过来。此时，他进入了瓶颈期。焦虑、烦躁、无聊开始出现。他想打退堂鼓了。只是，由于比较好面子，他又坚持做了三回，每次就如同蜕了一层皮一样难受。就在此时，他发现可以用标准化、流程化的方式，起用支持团队一起完成这份工作的方法，同时，他看到了新的商机，即很多企业由于没有实力自己举办会议，都希望能请个会议公司来完成会议承办的工作。这如同深井里投下来一丝光芒一样，突然令他产生一种突破感。在之后的几次大的研讨会中，他组织得很有章法，没出现任何差错，还把成本压低到不可想象的空间。就在公司准备提拔他做高级经理时，他选择了自己创立一家会议公司。

如果你不想回回都逃避，那就往下看。

事实上，我们过去产生的很多小的经历都会有度过瓶颈期的回忆。上学时是如何跑三千米拿得名次；考试成绩是如何从倒数变成正数；如何在短短一周时间完成一次演讲；如何自己设计动手完成的无线电路……当我们遇到新的瓶颈期时，这里还有一个更有效的办法：

回忆一下过去，上一次度过瓶颈期是什么时间？是如何度过的？上次的方法是否可以用到本次？

一般，我们总会采取"坚持＋换脑"的方法。

坚持，自不必说，就是必须一直做一直做，直到达到目标；

换脑，则更有价值。很多长跑者都戴一个耳机听音乐，就是一种换脑。在进入"极限"区时，身体在运动的同时，大脑却专注于音乐，能降低"极限"的痛苦，从而进入第二能量通道；而更多创造性活动如演讲、管理、写作、音乐，在进入枯燥期时，如果有选择性地换脑，则能诱发新的灵感。

去游泳，让身体换脑。在水中游动时，体会水流的感觉，兴许能找到灵感；

去看电影，让情绪换脑。最好去看那种能完全放松的喜剧、枪战、功夫片儿；

去睡觉，让梦换脑。不是说很多发明都是从梦里得来的灵感吗？我们也做个梦。

5.5 得有一套支持系统

人类是一种很没出息的动物。之前讲的那么多克服拖延、下决心、坚持、得寸进尺等办法都只能是自己给自己鼓劲儿。但是一个人除非受了巨大刺激，或者完全变态成偏执狂，都会没出息到只能坚持几个月而已。

因此，我们的行动需要一整套外力来支持。这套支持系统是火系魔法最强大的部分。

它包括了两大子系统：提醒系统和反馈系统。

● 提醒系统

这套系统很古老。我们从古老的历史故事里找找看：

吴王夫差的老爹阖闾被越王勾践干掉，夫差立志要报仇。但是夫差绝对属于花花公子型，这个志向很快就被美女和宫殿所埋没。好在这哥们儿有些自知之明，为了能让自己积极向上起来，他找了十个大汉站在宫殿门口，每天他路过想放松按摩一下，那十个大汉就齐声高问："夫差，你忘了杀父之仇了吗？"听到此声，夫差立马严肃起来："誓死不忘！"扭头回到办公室，继续理政练兵。

看到这则故事，你是否也可以找到自己的提醒系统？

当你要为了梦想发力时，就找一个最亲密的战友，每当你有所懈怠时，他就突然冒出来问你一句："你会为它做点儿什么呢？"这个提醒不费力，但管用。在此特地提醒一下，千万别找跟你一起HAPPY（找乐）的酒肉朋友做提醒者，他们非但不会让你高飞，还可能继续令你享受当下的快乐。

再看一个耳熟能详的故事。

岳飞的母亲为了让儿子忠于朝廷，在他后背刺了"精忠报国"四个字。这也是个提醒系统。后人屡屡向其学习，比如《鹿鼎记》里天地会总舵主陈近南就试图在韦小宝的脚上刺"反清复明"四个字，《越狱》就更过分了，整个儿在全身文了个遍。刺字系统在现代心理学里有一个名词，叫"种心锚"，即在情绪很强烈的状态（岳飞离家准备大干一场时，韦小宝被推举为青木堂堂主时）时施以诱因，这个诱因除了刺字，还可以是赠宝剑（蒋委员长当年就经常干这事儿），佩戴红领巾、徽章，之后，每当你看见诱因，你就会记起当年的承诺和行动。

因此，当你真的要走向梦想的时候，记得先找一个情绪很强烈的状态，然后找那个战友，当着很多人的面，让他给你施加诱因。说到此处，我看着自己左手无名指上的戒指，终于明白了我夫人的"险恶"用心，她会经常要看我是否戴着它，这就是在"种心锚"。

● 反馈系统

不好意思，我又要在此骂我们人类的没出息了。我们除了不能自己坚持之外，还经常对自我定位不清，要么妄自尊大，要么妄自菲薄。一会儿觉得自己强过所有人，超级自恋；一会儿又觉得自己一无是处，超级自卑。

因此，唐太宗就很喜欢照镜子，还给辉煌灿烂的中国历史留下一句话："以铜为镜，可以正衣冠；以古为镜，可以知兴替；以人为镜，可以明得失。"镜子，就是可以自我定位的反馈系统。

而我们的理想职业道路上的镜子就是人。

实话说吧，我们从小到大都处在一系列的镜子当中。

但是我们生活中的很多镜子，它们非但不能反馈出真实的我们，反而会让我们更偏向自恋或自卑。比如，当你小时候不情愿叫客人"叔叔阿姨"时，你是否会听到这样一个反馈："这孩子就是不懂礼貌。"之后你一辈子就真的不太喜欢说这些敬语了。

这样的镜子是典型的"哈哈镜"。

那么我们如何才能找到能真实反映自我的镜子呢？

当你需要别人给自己一个合适的反馈时，朋友、亲属、同学、同事都会用赞赏、夸奖的方式"挺你"。

"我觉得你很有亲和力。""我觉得你很负责任，执行力很强。""我认为你做事很专注。""你的觉察力很强。"……然后就是"宾主双方在友好的气氛下充分地交换了意见"。

但是这样的反馈总是有点儿不给力，当对方如此赞赏我们时，我们自己就会小小地嘀咕一下："他是真的这样感觉的还是仅仅是一种恭维？"这并非是做出"大家都不真诚"的论断，而是全世界的人说话都很含蓄，一个人长相难看，中文会说"有气质""有性格"，而英语也会说"aesthetics challenge"（"长得很有审美挑战"）。

于是，我们必须追问一句："能举个具体实例吗？"如果对方是真心赞赏，那一定会举一个我们过去的例子："上次你带的那个视窗软件开发的项目，就是完全的目标导向，对每个人的责、权、利分得很清楚，并且很注意自己的目标。因此能准时拿到成果，你看看咱们公司，没有任何人能如你这样执行力强了。不服不行啊。"这就会让我们对自己的定位和进步更加清晰。而如果对方真的只是恭维，那就会不太好意思，顾左右而言他。因此，当我们需要真实反馈时，一定要让对方给出具体事实。剩下就是拼人品了。

第六章

光明系:
职业问题的征兆——情绪

对于女生小薇而言，当男生小康很忙也找借口联系她，并想带她去见自己的狐朋狗友时，这就意味着小康想跟小薇做男女朋友。那么，这两种现象，就是做男女朋友的征兆。

同样是女生小薇，2月14日同小康销魂，28天之后，3月14日，本该出现的"人"没出现，由此产生了一场悲剧。那个没出现的"人"——大姨妈，就是是否怀孕的征兆。

当我们的职业产生问题时，同样会产生征兆。

职业问题的征兆是什么？

完成众多职业规划案例，同时也了解了诸多同行所完成的案例，我发现一个十分重要的因素。**任何一个有职业问题的人，他们所表现出来的第一征兆是：**

情绪。

有的人会直接将情绪表达出来："我很迷茫""十分纠结""很着急不知道怎么办""我担心一旦……"，而有的人却并不说出来，他们会在描述事情的过程中暗示出来，比如，他会情绪激动地问这样的问题："凭什么我不能得到这样的职位？"或者，他会很犹豫地说："我也考虑做广告设计，但是……"甚至，他依旧十分平静，但是情绪会从语速中，或者对事物本身的描述中体现出来。

当你从头读到此处，你会发现，我写的任何一类魔法，都会多少从情绪入手。风系魔法对应"迷茫"，土系魔法对应"失望"，水系魔法对应"纠结"，火系魔法对应"犹豫"……

因此，**从情绪入手，往往能直达职业问题的根源。**

如同光有波动和能量特性一样，情绪也是一种能量的波动。针对情绪的魔法，是为光明系魔法。

6.1 坏情绪都是好情绪

关于情绪的定义和分类，中外的描述各不相同，但是基本内容是一致的。心理学的教科书都认为人有四大基本情绪：快乐（喜）、愤怒（怒）、悲哀（哀）、恐惧（惧）。

之后又扩展为：兴奋、平静、愤怒、悲痛、惊奇、嫉妒、不屑、惭愧、耻辱等多个情绪。

从这些情绪的分类，我们是否发现一个很有趣的现象：

"好"情绪很少，"坏"情绪却很多。

四种基本情绪中，只有快乐是好情绪，剩下的都是坏情绪。而其他的细分依旧如此，好情绪逃不过：快乐、平静，剩下的全都是我们社会认为的"坏"情绪。

难怪古人说：人生不如意者十之八九。坏情绪的比例确实占了八九成。如果一个人心情好时，我们会说："他很快乐。"就代表了他很快乐，但是一个人心情不好时，我们说："他有些不愉快。"背后却可能代表了很多错综复杂的情绪，他到底是愤怒还是恐惧，是内疚还是嫉妒，是悲伤还是厌烦，用"不愉快"区分不出来。为了区分这些不同的"坏"情绪，我们做了如此之多的界定，这搞得我们很迷惑，我们如此喜欢快乐，追求快乐，却为什么对"坏"情绪这么较劲儿，不区分到底誓不罢休呢？

按照心理学的一种说法，"好"情绪的体验远没有"坏"情绪来得强烈刺激。当我们回忆的时候，反而是过去那些不美好的体验要更加生动鲜活，而过去美好的体验却变得十分模糊。因此，我们会特别生动地描述"不好"的情绪，并对这些情绪进行大量的拆解、定义，比如，把对他人的吃醋按程度高低分为：羡慕、嫉妒、恨。而更重要的问题是，在我们的人生过程中，要去面对那么多"坏"情绪，这本身就是一种修炼。

因此，如果需要一句"鬼话"来描述光明系魔法的话，那就是："坏情绪都是好情绪。"

所有"坏"情绪都有其积极价值和意义。按照达尔文《进化论》里的思想，我们的所有情绪并非每个人刻意为之，而是人类在几百万年的演化中同自然环境发生关系而习得并遗传下来的，这些情绪的存在必然有其存在的道理。当看到"坏"情绪存在的积极意义时，就可以找到一些应对之术。

当在工作中产生所谓的"坏"情绪：愤怒、厌烦、焦虑……的时候，我们该如何面对？

6.2 抱怨：改变的开始

关于怨言和抱怨的各种书籍《不抱怨的世界》《不抱怨的人生》《优秀的人不抱怨》《不抱怨的职场》，真书伪书，令人眼花缭乱。

其内容的核心就是三点：**一、足以让我们"抱怨"的东西，其实很少；二、越抱怨越招人烦，生活越不爽；三、古往今来的牛人都不抱怨。**

这是一个特别好的致幻剂，当你不抱怨时，你会发现一切都那么"美好"：老板要求加班，不抱怨；老板不发奖金，不抱怨；身边的官二代被提拔，不抱怨；客户提出无理要求，不抱怨；房价翻两倍，不抱怨；上小学交十万赞助费，不抱怨；交通管制导致交通堵塞，不抱怨；一下雨就能在城里看海，不抱怨……这样你是不是觉得有什么地方不太对劲儿？

还是拿真实案例来说吧。

小华的心态十分积极，对任何事情都毫无怨言。有一回，好友小军向他抱怨："我们公司太恶心了，说要连续加班一百天，每天晚上必须九点以后走。家里有小孩也不许回去看。而实际上，这些工作八小时之内就能完成，搞得加班时间就是混日子……"

此时小华已经忍无可忍地大声说："你这样抱怨有意思吗？不要抱怨！你们公司这么安排一定有他的道理，你不满你可以走啊，走不了就只能适应，抱怨没有用！"

我有一个小小的觉察：当小华说这些话时，他自己其实也在抱怨。而小华的这种"不抱怨"，对小军的情绪、职业、工作没有任何价值，反而堵住了小军情绪发泄的渠道。而当小华总是摆出一副智者高高在上的样子时，小军会因为情绪总被堵住而逐渐疏远小华。小华的这类"不抱怨",甚至不如跟小军一起抱怨的同情更让人舒服。

抱怨的汉语释义是:因为事情不如意而对人对事不满。如果看英语的翻译则更为直接,Complaint: an expression of grievance or resentment(抱怨:对不满和委屈的表达)。

这么看解释,抱怨是个再正常不过的不满情绪的表达。《论语》里孔子谓季氏,"八佾舞于庭,是可忍也,孰不可忍也。"这是表达不满;马丁·路德·金在《我有一个梦想》里说:"只要黑人仍然遭受警察难以形容的野蛮迫害,我们就绝不会满足。只要我们在外奔波而疲乏的身躯不能在公路旁的汽车旅馆和城里的旅馆找到住宿之所,我们就绝不会满足。只要黑人的基本活动范围只是从少数民族聚居的小贫民区转移到大贫民区,我们就绝不会满足。只要密西西比仍然有一个黑人不能参加选举,只要纽约有一个黑人认为他的投票无济于事,我们就绝不会满足。"这也是表达不满;电影《建党伟业》里陈独秀说:"大家拼命干活儿,却吃不饱、穿不暖、住不踏实,这合理吗?"这同样是表达不满……而正是因为这些人的抱怨,才有了百家争鸣、种族平等,才有了推翻帝制和建立新中国。

假如没有抱怨,那些血汗工厂就会继续十连跳、二十连跳;如果没有抱怨,1945年以前我们就会真的成为亡国奴;如果没有抱怨,我们现在恐怕还活在酒池肉林、鹿台炮烙的商纣王时代。

因此,我们是否能看到抱怨的积极意义?

崔永元在一次座谈会上说:"就因为觉得有前途有前景所以才抱怨。"

抱怨,是因为心存希望,是因为希望改变。

当对工作有抱怨时,那其实挺正常,说明还有希望,说明还有可能改变世界，让世界变得更美好。

然而！

此时，你是否会更加迷惑：这里边儿逻辑混乱啊，抱怨总归是不好的东西，现在被你说得这么神圣，难道那些怨男怨女、公司里天天发牢骚的人、跟朋友常常哭诉的受害者，反而都成了积极而有梦想的人，反而都永永远远、一生一世成功幸福了？

我们可以分析一下抱怨背后的逻辑。

每一个抱怨的背后，都分别有三个角色。

受害者：即抱怨者本身，他们受到了伤害，产生不满，因此把不满表达出来；

加害者：即抱怨者抱怨的目标，他们或真或假对受害者施以伤害；

倾听者：抱怨者的抱怨对象，他们在旁边倾听。

抱怨的整个流程即受害者向倾听者抱怨加害者对他的伤害，并表达愤怒，以博得倾听者的同情，甚至"同仇"。

还是分析刚才那个例子，小军抱怨公司总是无谓地加班，在刚开始抱怨时，他其实是有一个愿望，能否不加班就把工作做完，回家好照顾孩子，培养业余兴趣。他向小华抱怨时，也希望小华能理解他的愿望，同时有一个情绪发泄的渠道。

但是当多次抱怨之后，他除了发泄不满，内心反而还有一种享受感，这种受害的感觉很让人同情和可怜，他的希望变成了证明，即证明一个自己认为正确的道理：在我改变不了的加班这件事上，我总是正确的。这种对于对错的关注让他忘了自己内心真实的需求，从而让抱怨继续下去，而没有任何新的改变。此时，受害者小军，小军认为的加害者，以及倾听者小华，三方建立了一个很"和谐"的加害——受害——抱怨——同情关系。

于是，一个抱怨死循环形成了：

加害——受害——抱怨——同情

这个关系之牢固，以至于事情不会有任何改观。

当我们观察那些长期抱怨者的时候会发现，他们其实反而离不开那些加害者，无论这个加害者是真实的加害者，还是他们幻想出来的。因为他们所关注的已经从最初对需求的不满转而变成了对自我证明的享受。

你是否发现，很多被上司或企业的制度伤害的人，经过了多次抱怨，反而不会主动离开企业，或者主动改变企业和自己的关系。最终的结果是继续在这个企业里混下去，甚至惨遭辞退。或者更加可怕的是，他一旦被那些"抱怨没有用"的功利主义所迷惑，便会改变自己的角色，从受害者变为加害者，从受苦受难的员工一下子转变为对自己、家人和他人都十分"狠"的优秀员工，并开始了自己的"成功之旅"。他认为"在这样一个世界里，抱怨者活该受害"。整个抱怨死循环并未被打破。

而这背后真正的原因是：受害者没有觉察抱怨的积极意义。他只顾发泄不满并沉迷于抱怨，却并未觉察到他自己的希望和自己可能做出的改变。

因此，当抱怨时，请念下面这句"鬼话"：

"抱怨是改变的开始。"

这个咒语会赋予"抱怨"光芒。

当说出这个咒语时，我们的焦点就脱离了抱怨本身，而关注到如何改变。

具体的方法如下：

1. 让抱怨飞一会儿

有情绪就发，如果对方是亲密的人（比如另一半），那就尽情抱怨，因为 / 她值得你信任。不过，在抱怨之前，你可以先提醒他 / 她一下：

"我后边儿说的都是发牢骚，所以你听着就行了。如果你听烦了，我给你煮碗面吃，好吗？"

实在不行，你还可以像《花样年华》里的梁朝伟那样，找一个树洞，把牢骚都发到那里。反正，无论怎样，一定要先倾诉。

2. 把所有的抱怨转换成需要和希望，找到价值观

当你抱怨的时候，你可以用"我希望……因为""我需要……因为"这样的语言来表达。

"我们老板要求每天加班到九点，其实也没什么事做，真烦"可

以转换为"我希望能不加班也完成工作，因为我想在业余时间多照顾孩子，我觉得工作家庭的平衡很重要"。

"凭什么他们项目组就多发奖金，我们就没有"可以转换为"我希望我得到的收入至少跟同事的收入一致，因为我需要钱"。

当我们说出"我希望……因为……"的时候，最终会发现我们在工作中所在乎的关键内容即我之前提到的价值观。

3. 重估这些自认为重要的价值观

正如我在风系魔法里所说，我们对自己的价值观往往认识不清。因为总会有很多干扰掺杂其中。工作家庭平衡是否真的对你很重要？钱是否真的对你很重要？你真正认为最重要的是什么？

当再次审视这些的时候，你就会发现你最想要的是什么。也许，在工作初期，你最想要的是工作经验；在某个时期，你最想要的是同事和谐；在某个时期，你最想要的是家庭平衡……

4. 做出接纳或改变

此时，你就有接纳或改变的动力。当你发现，你抱怨的并非真正想要的，比如，抱怨奖金分配不均，而你发现其实你真正想要的是工作时间灵活，那就接受这个现状，谁让人家每天没日没夜干活儿，你需要灵活时间呢？其实，接纳本身就是一种改变：接纳改变了加害者、受害者之间的控制关系。

但是，当发现自己所不满的是最核心的价值观时，你就必须要捍卫自己的价值观。比如，你是一个一岁孩子的母亲，晚上必须要回家跟孩子在一起，你认为工作家庭的平衡最重要，那当公司要求你加班的时候，你就需要做出改变。可否跟上司坦诚谈一下：可否在八小时内把工作完成？可否把工作带回家完成……我可以负责任地说，大多数上司都能接受这样的要求，都是同样坦诚并讲情理的。捍卫自己价值观的行为换来的往往不是对抗，而是尊重。

其实，我们抱怨背后的情绪除了愤怒，还有一点儿恐惧，我们恐惧无法改变受害者与"加害者"之间的关系。很多"加害者"都是和我们有亲密关系的人，而另外的"加害者"则是"难以具象的怪兽"，如企业、组织，甚至制度。即便如此，当我们需要实现自己的价值和理想时，当我们想让世界变得好一点儿时，我们是否可以做出哪怕最小的一点儿改变，还记得我在火系魔法里说过的"得寸进尺"的法术吗？任何小改变都能带来成果。

再重复一遍这句"鬼话"：

"抱怨是改变的开始。"

6.3 焦虑：专注的前奏

首先讲一下我本人职业生涯中的一段经历，因为在我跟很多人聊他们的职业时，我发现每个人都有过类似的经历：

"十几年前我刚工作时是一名菜鸟工程师，过的是天天出差勘察的日子。此时，尚未透彻地熟悉很多新的工作和任务。那一天，就在我去陕西出差的长途车上，接到了顶头上司的电话，让我一个人独立参与一个几亿元投资的技术谈判。接电话的时候我就感觉后背冒汗，因为我从来没有干过技术谈判这样的事情，甚至连场面都没见识过，参与谈判的人都是混迹江湖多年的老油条，我一个新兵，对技术细节的了解并不深入，如何能把握几亿元交易的技术谈判？我忐忑不安，手足无措，之后几天开始便秘。这一切都是焦虑情绪的表现。"

当踏上职业的航程，焦虑情绪就会永远伴随着你。甚至，中国现在已经进入了全民焦虑时代，小时候焦虑"一定要赢在起跑线上"，到老了又得为准备给子女买房的巨款而焦虑。这么看，从小到老，焦虑一直在恶心着我们。

如果我们能说出自己的焦虑，我们就能发现焦虑背后的东西。

你如何说出自己的焦虑？第一个闪过你内心的一定是："我担心……"

我担心自己做不好这件事、我担心客户投诉、我担心调试不通、我担心谈判失败双方都怪我、我担心下属不按我的意思处理……

正如我那年一个人去承担技术谈判工作时一样，我的担心十分强烈。以至于我甚至考虑到了一旦干不了怎么离职这样的可能性。

因此，我们焦虑的背后是害怕。

我们再对自己的焦虑做一层分解，当我们说"我担心……"的时候，其背后的语意是"一旦……发生，我担心搞不定"。

一旦客户不满意，我担心搞不定；一旦下属不按我的意思办，我担心搞不定；一旦调试不通，我担心搞不定……

如果再探索一层，你会发现，这"搞不定"的背后，有更大的焦虑。

因为客户不满意，所以就会被批，然后就可能很受挫，然后就可能更干不好，然后就降薪、离职……而后边儿这一系列事件，都搞不定。因此，**我们害怕的往往不是这件事，而是其有可能带来的负面效应。**

而更好玩儿的是，我们可能连后果是什么都没想清楚就开始焦虑了。多数焦虑和害怕，是对害怕本身的害怕。焦虑和恐惧的情绪混在一起，纠缠不清。李子勋在《问问李子勋》里说："一个害怕蜘蛛的人，眼睛会比不害怕蜘蛛的人更多地关注房子的顶角……墙缝……地角……在找的过程中体验一种先兆般的恐惧不安。害怕害怕的人，害怕当然也会比一般人多很多，这是精神贯注的结果，是自自然然的事情。"

当处于焦虑过程中，一些人为了消除焦虑，而采用下面的方法。

他会对自己说，不许软弱，强大起来。于是这样的人就会成为看似强大勇敢的男子汉或女强人，在任何新环境下，他们都表现得毫无畏惧。如果你仔细观察，我们身边有很多这样的"铁人"，他们的脸上刻着"坚毅"和"勇敢"。这似乎成为每个人学习的榜样。

但这是一个假象。在维雷娜·卡斯特（Verena Kast）的《克服焦虑》中，称这样的人为"反恐怖行为"，他们其实非常胆怯，但是却采取完全抗拒的方式，如"表现得勇敢到不可思议"的方式，来抵制焦虑，忽视焦虑。但这种反恐怖行为是一种过度补偿，这样的人很可能在一些很小的困难中陷入到完全束手无策的境地而全面崩溃。维雷娜举了一个真实的例子：一名越战时的战斗机飞行员会跟大家滔滔不绝地谈论自己如何英勇地轰炸目标，逃脱险境，让人觉得他天不怕地不怕，但他在罗马大街上被人偷了钱包之后却完全崩溃，几个月不敢上街。他采取"反恐怖行为"的过度补偿使自己走到了绝境。

这样的人看上去很令人崇拜，但是跟这样的人共事绝对是一场灾难。他们不允许自己焦虑和恐惧，也不允许看到别人产生这样的情绪，当你表达出"我担心……""怎么办""我有点儿焦虑"这样的情绪时，他们要么会暴怒起来，要么会用各种词语来嘲笑和奚落你："你是一个懦夫、胆小鬼、逃兵。""怎么找了你这个没出息的。""你要是干不了有人干……"对自己狠的人，对别人同样狠。

因此，我们必须重新看待焦虑。

● **焦虑的价值**

焦虑是有用的。当我们感受到焦虑的情绪，说明我们感受到了局限。如果用在职业中，往往是能力的局限。还是用我的那次独立谈判为例，因为我自觉没有能力去处理关键技术和面对参与谈判的老江湖，感到了能力的局限，由此而产生焦虑。推而广之地说，人的一辈子，不管成长到什么程度，都会发现新的局限性，此时焦虑势必产生。这么看，焦虑反而是推动我们提升能力、认识世界的动力来源。

反过来说，有些人的生活中甚少焦虑，这同样是危险的。要么他们采取的是"反恐怖行为"，只是把焦虑压抑下来；要么就会觉察不出所处的境地的局限和风险而使用不自量力的手法。

适当的焦虑，大有裨益。

● **明确焦虑的内容**

我们在焦虑什么？

到底是焦虑任务的本身，还是焦虑任务的后果，还是仅仅焦虑着焦虑？

答案往往就在问题里，当我们觉察到焦虑的层次时，答案就出来了。

很多时候，我们往往会陷入到焦虑本身，即：焦虑着焦虑。这是一种萦绕不去的焦虑，似乎有焦虑的事情，但是说不出具体的任务或后果。这种单纯的焦虑，会让我们选择逃避，从单纯逃避一个稍微有挑战的任务，到逃避必须完成的任务。大学里的一些考试挂红灯的同学，考一门课时出现焦虑，然后选择不看书复习，以致不及格。而这种焦虑开始蔓延，从焦虑某一门课，到焦虑不及格，然后开始获得不及格，到多门不及格，最后宅在宿舍陷入与世隔绝的境地，没有获得学位或文凭。

因此，应对焦虑的方法既不是忽视焦虑，也不是让焦虑就这样存在。而是去体验这种焦虑的感受，觉察一下焦虑的目标和内容到底是什么。

● **焦虑任务的后果，把后果描述得清晰一些**

还是拿我参加谈判的例子说。当时我出现了深度焦虑，但是时间紧迫，由不得我焦虑。于是，我会问自己一个问题：能出什么后果？

1. 因为自己是新手，客户会投诉到上司头上；

2. 不能觉察技术谈判的核心要素而出现技术漏洞；

3. 发现不了谈判桌下的交易而被卷入其中。

之后，我对这些后果的严重性做了一个评估。

卷入谈判桌下的交易的后果十分严重，其后果就真的是被辞掉，甚至更严重；

出现技术漏洞的后果比较严重，签订技术合同之后，问题会显现，很可能会出现严重投诉；

而客户因为新手而投诉上司，反而不严重，因为既然上司派一个新手过来，就已经接纳了这样的投诉。这是大家共担责任的谈判。

这其实就是水系魔法里提到的"风险分析"。

往往，我们所焦虑的任务的后果，我们自己并不清晰。这种不清晰的难受让我们转变成单纯为了焦虑而焦虑。

看得见的魔鬼比看不见的魔鬼可爱得多。

看得见的魔鬼比看不见的魔鬼可爱

所以，当我们焦虑后果的时候，最好的办法就是把后果描述得更清晰。

同风险管理一样，当后果说清楚了，我就会选择应对。

对于最严重的后果——陷入幕后交易，我采取的应对方式是：牢牢关注技术，并就新的状况时时跟上司沟通。因为幕后交易往往是商务方面的问题，我只要把好技术关，就能摆脱干系。

对于次严重的后果——出现技术漏洞。我采取的应对方式则是：恶补专业知识，抓住主要技术环节，不出大问题。人的能力很多时候都是被逼出来的，因此，短短两天的恶补，让我的技术水平一下子提高了许多。

对于最不严重的后果——客户投诉我是新手。我采取的应对方式则更直接：先跟上司汇报。先跟上司沟通发生此类事件的风险和应对，双方不但达成了信任，还增进了了解，上司对我的觉察表示了赞赏，"宾主双方在友好的气氛中充分交换了意见"。

由此，我从焦虑任务的后果转变成了焦虑任务本身，即：如何提升专业知识。

● 焦虑任务本身，专注

相信每个人都知道"专注"的价值。当我们专注于一件事时，反而会让自己镇静下来，尽最大努力完成这个任务。专注不是不达目的誓不罢休，而是把所有精力聚焦到当下需要做的事情中，并排除其他的干扰。

如果新手焦虑开车，那就专注到开车上，多看后视镜和车周边的环境；

如果焦虑项目汇报，那就专注到汇报内容和听众上，根据内容影响听众；

如果焦虑与人沟通，那就专注于沟通内容和双方的关系。

此前，我提到过锻炼自我的兴趣，我们往往能轻松专注到自己感兴趣的事物中。即便如此，对自己不感兴趣的事物，我们同样可以专注其中。这是我们锻炼出来的一种能力，否则，你无法通过无聊但烦琐的小学、中学的期末考试，还有中考、高考。

如何专注于其中呢？

1. 意识到要专注

当我们意识到需要专注的时候，我们的大脑就产生了一个指令"要专注"，把自己的精力投入其中。这是很简单的一个指令，但真的很有效。

2. 建立更小的目标

其实还是"得寸进尺"的登门槛儿效应，当目标变得很小，我们就能马上专注其中，在很短的时间内达到目标，拿到成果。

3. 拒绝干扰

专注中会产生大量干扰，有时候一个电话、一个微博就把某个目标全部击碎，因此，当真正专注于某个小目标时，需要排除所有干扰，如果让你填空：我们（　　）做最重要的事，（　　）做次重要的事，你会填什么？

我们（先）做最重要的事，（后）做次重要的事？

恭喜你，回答错误，你只能获得优秀奖。

正确答案是：

我们（只）做最重要的事，（不）做次重要的事。

重申一遍：

我们（只）做最重要的事，（不）做次重要的事。

4. 建立节拍

一张一弛，文武之道。每一个人专注的时间都不可能过长。因此，很多需要强大专注力的职业，如机场空中管理员，都会建立轮班制。专注两三个小时就立即换班。因此，当我们专注于工作时，一两个小时同样需要换一换大脑。就是去休息一下。

面对焦虑，同样有一句咒语："焦虑是专注的前奏。"

6.4 厌烦：让工作变化起来

罗素先生在《幸福之路》中说："厌烦似乎是唯有人类才具有的情绪。"但同时，他老人家又说："在整个历史时期，厌烦是一个巨大的推动力量。"这两句话蕴含神秘的智慧。在我们老祖宗的时候，那是个极其让人厌烦的时代，农村谚语："早睡晚起，又省灯油又省米。"那个年代的老百姓，除了种田吃饭睡觉，几乎没有任何好玩儿的事可干，此时，村里的某个巫婆神汉反而别具生机。

于是，为了避免厌烦，世界开始发展。文化娱乐出现并迅速占领人们的生活，琴棋书画从统治阶级独享的状况转为大众都能玩儿一把。近一个世纪以来，人们做了更多的反厌烦创造，电影电视互联网、K歌跳舞打麻将，生活变得丰富。

然而，罗素先生又一次犀利地指出："我们比我们的祖先更少厌烦，但却更怕厌烦。"我们对兴奋的追求胜过了以往任何时代，打开媒体，任何娱乐绯闻的热度都不超过一周，如果一个名人不能在一个月持续制造几条新闻，那很可能他就会被忘记。

如果一个死刑犯说："真没意思，好无聊啊，杀了我，烦着呢。"这很有点儿无厘头的感觉。同样，一个第一次站在台前给学员讲课的培训师同样也不可能产生厌烦的情绪。当我们在职业中出现了厌烦的情绪，那只能说明两种状况：

1. 你很难达到工作要求；

2. 你的工作挑战在逐渐降低。

● 很难达到工作要求

对此我只能说，你的厌烦是假的，你真实的情绪是焦虑。八成是因为焦虑过多，最后身体发了新的信号让你感到厌烦。此时，你要做的是，重新看看工作要求，是它要求太高，还是你期待太高。比如，我正在写的这本书，如果我期待自己能写出一部专著，使得洛阳纸贵，那我一定会产生厌烦感而一个字都写不出来。我要做的就是降低期待：做不到有井水处就有此书，做到有自来水处有此书也可以。因此，如果你因为实在达不到自己的期待而厌烦，那就降低期待，把要求定低一点儿，你就会不再厌烦，而进入很舒服的焦虑情绪。如果你的工作要求太高，比如你只能做一个小前台，结果非要让你 HOLD（控制）住整个会议；或者你的英语水平只够说一些日常用语，结果非要让你去参加国际会议并讨论文稿。这确实会让你先焦虑，再极度焦虑，再厌烦。此时，你要做的也许就是别考虑面子问题直接跟你的上司说清楚，同时苦练内功吧。

● 自己的工作少了些挑战

那我得先恭喜主公贺喜主公，如果自己的工作做得没挑战，那说明你已经达到了这个工作的要求了。2008 年观看北京奥运会女子举重，有个选手四破世界纪录，我就感觉这姐们儿做这个营生肯定会厌烦，太没挑战了。难怪当年的剑魔独孤求败无敌于天下之后，求一敌手而不可得，寂寞难堪，遂产生巨大的厌烦感，生生把剑给埋了。因此，当因工作少了挑战而厌烦时，说明自己的能力已经提升。

按照边际效应递减的原理，大多数我们喜欢的事情，当做到很熟的时候，其"效应"就会递减。坐一次过山车很刺激，屏住呼吸或大呼小叫，但是连续坐一百次估计就可以在上边儿睡觉了。无论是什么工作，当我们做到很熟练的时候，会不自觉变得厌烦、倦怠。其原因何在？

首先，我之前提到，所有工作都有其自身的游戏规则。进入工作中以后，我们会用一段时间熟悉初级游戏规则，然后进入到一个难以进步的高级阶段；此时，对工作的频繁重复就一次次降低工作所带来的"效应"。如果能让自己不断处于新的活力状态，总是有新的东西可以发现、学习，有新的挑战到来，厌烦就会散去。因此，喜欢做研发人员以及产品经理都不会厌烦。小米手机之父"雷军"就是典型的产品经理类型，当年在金山软件的十几年工作中，他几乎开发过任何看上去有市场的软件，无论是外部市场所迫还是内心对创新的追求，他总是在一个旧目标达成之后创造一个新的目标。

其次，当工作带给我们的价值多为外部价值时，如工资、奖金、用户美誉、领导认可、光鲜的公司、公务员，一旦熟悉工作程序，进入重复期，外部价值又难以提升时，就自然产生厌烦。按人本主义心理学的说法，如果这个工作带给我们的价值是内在价值，即职业能达到自我实现的需要，即便进入重复期，其厌烦程度也不会太高。很多书法爱好者，他们已经重复写了大量字帖，但仍旧不会厌倦，就是因为他们能在挥毫的那一瞬间感受到马斯洛所说的"高峰体验"。当我们寻找到能够自我实现的职业梦想时，内部动机就会越来越强大，也就越不受外部动机的干扰。

最后，忍受厌烦是走向成长的必要能力。如果让自己持续快乐，我们的心脏一定受不了。因此，任何职业，无论是梦想的职业还是为了外部价值而忙碌的职业，其中总是有我们所厌烦的内容。即便是完全多变的音乐家，他依旧要单调地练习最基本的节奏和旋律。贝克汉姆的"弯刀球"是绝技，为了这一脚球，他需要单调地踢几万次。还记得一万小时定律吗？这一万小时可不总是让人兴奋，十之八九都会单调到令人崩溃。

不如我们拿个真实的例子来说吧。

小芳是一名财务经理，做会计多年，天天跟一堆数据和报表打交道，现在的她对所做的工作感到十分厌烦，甚至想辞职改行做别的工作。她有什么办法能改变职业倦怠的状况呢？我找到了三种方法：

1. 一段时间远离本职工作

如果能有三个月时间，不接触任何表格、数字之类的东西，她就有可能会重新喜欢上财务。毕竟她拥有做财务的能力，甚至多年的工作也已经让她跟财务报表结下了缘分。既然对频繁的重复产生了厌烦，那我们不如把厌烦的内容全部剥掉，一段时间之后就能找到最原始的兴奋感觉。在《天才在左，疯子在右》里写了这样一个人，他会经常让自己孤身待在房间里，每天只吃馒头和水，切断所有电源、书籍，让社会上所有干扰全部消失，在经历了几天痛苦之后，他能感受到一种"新生"。我曾经也试过几天只吃馒头和水这样完全无味的食品，几天之后，再吃哪怕只有一点点味道的东西，都会感觉甘之如饴。因此，既然刺激过于频繁重复，那就不妨剥夺所有刺激。这个方法本身就很刺激。

2. 工作之余找兴趣

工作不是全部生活，既然工作依旧是生存来源，那么不如在工作之余找有兴趣的事干。小芳喜欢这个方法，因此她把大多数周末用在了参加各种聚会、旅游、运动中，感受其中的乐趣，甚至找到了如意郎君。著名心理医生李子勋自言："我在做心理医生的时候，很细心体贴，很在意来访者的感受。生活中我更像一个大男孩，兴趣广泛，追求新奇的事物，也不那么在意别人。"让工作和生活平衡，就不容易出现职业倦怠。

3. 让工作本身变化起来

你有本领让单调的重复性工作变得多彩吗？如果是财务经理，可否写一本《三天学会看报表》这样的书，把财务理论用通俗甚至恶搞的方式进行解读？或者，面对由一堆数据所组成的报表，是否能挖掘到数据与数据的关系，从而变成一名数据分析者？又或者，站在一名管理者的角度来观察历年的财务报表，可否观察出企业发展的门道？我们往往陷入到单调之中，但如果在这份单调上增加点儿情趣，让工作多点儿变化，一份职业就会以一千个不同姿态出现在我们面前。**让无趣的工作变得有趣是一件有趣的事情。**

6.5 他人：更好地活在别人的看法里

在完成了一些咨询和培训之后，我发现很多时候，我们的情绪并非因我而起，而是因他人而生。我们焦虑、委屈、厌倦，往往是因为他人对我们的看法。

下边儿这个笑话很有哲理：

嫂洗澡，弟误入。嫂斥道：你这样做对得起你哥吗？弟羞，欲走。嫂曰：你这样走对得起我吗？弟站住。嫂又言：你这样傻待着对得起你自己吗？

你可以想象一下弟当时的情绪，用五味杂陈这个词再妥当不过。嫂对弟的心理攻势完全占了上风，而让我很感兴趣的是弟本身的立场：首先是站在哥的看法上想，然后再被嫂引着站在嫂的看法上想，最后，又被拉回到自己的看法。然后，这个弟就"分裂"了，因为他发现他做的任何行动，都会违背一个亲人的看法而让那个人不悦。

在中国，类似的事情像家庭肥皂剧一样持续发生并不断重复。

很多人都会提出，他们很难做出自己的选择。因为他们必须要尊重他们的父母、师长、朋友给他们的建议。比如这个真实案例：小华可以保送研究生，但是他却想直接工作，做一家小公司的客服。此时，他的父母就如一道闪电般跳进了他的生活，开始劝他珍惜这来之不易的保送名额，时而威逼："本科生直接工作没有任何发展。你要是找这么一个工作，让我们怎么跟别人说？"时而利诱："现在哪个企业不都是硕士优先？硕士毕业回家我们也能给你找一份好工作。"甚至请了他母校的老师，轮番轰炸。

一般人的选择，都是退缩和听话。我们会给自己一些理由："他们都是过来人，他们的经验都是对的。他们是不想我们重新走他们错误的老路。"甚至会给自己一个评价："如果不听父母师长的，那就是不孝了。"然后，去走"被"选择好的路。

存在主义哲学家萨特说："他人即地狱。"

"他人的目光不仅把'我'这个自由的主体变成了僵化的客体，而且还迫使'我'多少按他们的看法来判定自己，专心修改自己对自己的意识。当然，'我'对别人也是这样。于是，'我努力把我从他人的支配中解放出来，反过来力图控制他人，而他人也同时力图控制我。'"

——《存在与虚无》

那该如何摆脱这样的困境呢？

尽管美国《独立宣言》的第一句话是"人人生而平等"，但在我们内心中，亲朋好友和其他各色人等的地位并不平等，是存在次序的。有的人会把自己放在第一位，即：当自己的选择和别人的建议发生冲突时，不管别人的建议，依旧按自己的选择行事；而我们国家更多的人会把别人放在我们自己之前，毕竟，多少年了我们都是被选择出来的。

很多人都会特别希望得到所有人的认同，都害怕对他人说"不"之后令他人不满。慢慢地，别人的看法开始主导我们自己。按说，如果所有"他人"的看法都一致也就罢了，听话也未尝不好，反正自己不负责任。但是坏就坏在我们在乎的那些人意见发生分歧。比如：小明大学毕业找工作这件事，父母和女友的意见就发生分歧，父母希望他回老家到稳定的事业单位工作，而女友希望他到她所在城市找个国企，好朋友建议他出国，他自己想去深圳私企做开发。当这样的分歧越来越激烈时，小明就会产生一种内心被分成几块的分裂感。

不光求职本身，这样的人在很多事情上都会感觉分裂。小华到企业做项目，自己直属领导希望项目实现 A、B、C 三个目标，但是到了技术总监那里却要求达到 A、C、D 三个目标，小华和合作公司协商，合作公司却说其实实现 A 就可以了。没了主心骨儿的小华就崩溃了。这一方面是"婆婆太多"的后果，《红楼梦》最后讲王熙凤给贾母办丧事，银子捉襟见肘，各个夫人老爷的要求还特别多，凤姐最终吐血昏倒，这就是"婆婆太多"所致。而更重要的问题是，在小明心中的各色人等没有一个排位。他希望能满足所有人的看法，最终他就会被这个上司指摘、那个领导责骂，合作公司也不说好，完全里外不是人。

想要每个人都不得罪的结果就是把每个人都得罪。

因此，当我面对这样的职业困惑者时，我都会让他们做一个很简单的游戏：

先把你在乎的所有人全部列出，这些人中一定要把"我"包含进去，如果连自己家的狗也在乎，那把狗也列出来。

父母、我、老婆、孩子、直属上司、发小儿、舅舅、狗……

之后，请做一个排序。在过去的岁月里，谁对我最重要，他的看法最要听，就排在最前边；之后依次排列下去。

一般，做到此处，很多人都会犹豫再三，甚至有的朋友泪流满面。这是一个艰难的选择。此时，我会继续推进："如果你很难选，那可以想象一下，当两个你在乎的人对某个决策的看法出入颇大，你听谁的，那谁就会排在前边。"

在经过长时间的犹豫之后，每个人都有一个差不多清晰的排序。请注意，这个排序里，"我"并不一定排在最前。这很正常。

此时，他们大多数人就能看清内心的"英雄座次"。

之后，我会请他们再做一个排序：在未来的岁月里，我希望谁对我最重要，同样依次排序。

而此时，我们会发现，这两个排序是不一样的。最典型的变化是，"我"排在了最前边。

这就是我们痛苦的根源。

当次序发生了变化，矛盾和冲突就自然产生。之前的选择每次都得听父母的，后来翅膀硬了，想自己飞翔，跟父母产生冲突在所难免。之前的工作都是听领导的，自己有了团队之后要有自己的目标，跟上司的冲突同样会正常发生。这一切都是因为我们内心的"英雄座次"发生了变化。

关系，在人类的交往中扮演着重要的角色。用上边小华的例子说，小华过于在乎所有人的看法，他跟别人建立的关系就是"你们行，我不行"的控制与受控的关系。按照精神分析心理学的说法，外在关系是我们每个人内在关系的外在投射。这句话不太好理解，还是拿小华的例子来说，小华同别人的控制与受控的关系来自于其"内在小孩儿"和"内在父母"的关系，这样的人多数在童年和父母的关系就是受控与控制的关系。在排序的过程中，这种内在关系屡次出现，当我请很多人做这样的排序时，他们往往会沉吟许久，感到十分艰难。因为他们发现，自己竟然被排在很靠后的位置。

而同时，过去的关系越到成年，问题就会越多。因为当到了成年之后，我们必须自己做出选择，并自己承担选择的后果，即承担责任。此时，我们得先自己选择，别人的看法和建议都只能是参考，因为后果只能由我们自己承担。

然而一个已经建立N多年的关系又怎么可能一下子被打破呢？于是乎我们在职业选择、职业工作、职业规划上就会长期滞留大量负面情绪。有的人会选择退回到原来的关系，进而想尽一切办法逃脱责任，职场中就会看到很多人唯唯诺诺，工作能力很难提高，工作业绩也几乎为零。

而另外一些人，会选择之前提到的"反恐怖行为"，把情绪全部"扔掉"，强硬地改变关系，形成自我中心主义。这一般是很多"成功学"书籍所推崇的做法。但是这非但不能解决问题，反而产生更严重的后果，历史上所有"独夫"全部都是采用类似的"反恐怖行为"，最终的后果就是几千万人死亡，几千万人受难。所以，那些靠喊口号压抑情绪的成功学并不是什么新思想，几千年前老祖宗就已经用过了。

真正的方法是再看看这个问题：

一个已经建立N多年的关系又怎么可能一下子被打破呢？

　　答案就在问题中。我们内心想做的是，一下子改变一个多年建立的关系。但我们也都知道，冰冻三尺非一日之寒，既然这样，不如先接纳现状，接纳我们自己不能一下子改变多年关系的现状。

　　接纳并不等于不改变。还记得我提到的"得寸进尺"吧，既然不能一下子改变，那就一点点改变。先从一件件小事做起，项目安排、内部沟通、旅游、购物、打扫卫生这样的事情，先自己一点点接手。慢慢的，当出现职业转换、项目目标、娶妻生子这样的人生大事时，你会惊奇地发现，自己的掌控力多了许多。

　　但是仍旧有新的挑战：

　　记得我跟小芳谈论这样的方法时，她还会有新的疑惑："我试过这个法子，但是依旧会产生冲突，我男朋友的控制欲太强了。"

　　"那我想问你，你们之间的冲突是情绪上的冲突呢，还是事情本身的冲突？"

　　"当然是事情本身的冲突，我想去学弹琴，他说有这点儿时间该学外语；我想去做销售跟人打交道，他说销售太没技术含量太没面子了……"

　　"嗯，是啊，肯定是由事情本身引发的。那然后呢？"

　　"以前我都是听他的，但是最近，我会感觉很愤怒，然后就开始冲突了。"

　　"先是辩论，然后是吵架，然后就是话赶着话，话跟着话，然后就说出一些不该说的话，是这样吗？"我继续道。

　　"对，就是这样。"

　　"那你再看看你们之后的行为，是情绪的冲突还是事情的冲突呢？"

她似乎领悟到什么："对啊，我们的情绪同一时间爆发，到最后就收不住了。对，是情绪的冲突。"

我开始解释道："你有没有发现这很像一场战斗啊。当你沟通的时候，你已经有意识地在为这场战斗做准备了，而同时你男朋友看到你在这里备战备荒，他自然也警觉起来。你们的这些准备，就是情绪。你们之间自然会发生冲突。"

"OK，同意你说的，那我总不能全答应他吧，否则我岂不又回到老样子了？"

"你可以选择不带敌意的坚持。"

"不带敌意的坚持？"

"对，将你的情绪和你想要做的分开。当对方'进攻'时，你既不反击，也不防守，你不接招。"我开始给方法。

"不接招？"

"是啊，你可能准备了一大堆说辞和辩解，但你就不回击。"

"那他会更愤怒的啊！"

"你说得太对了，他很可能会更愤怒。所以你可以说其他的东西，比如，聊聊情绪。你可以说：'我感觉你有点儿生气，你为什么生气啊？'然后你们就只谈情绪，慢慢就会好的。"

"谈情绪，这我倒没试过。"

"那试试吧，情绪不是用来战斗的，而是用来流淌的。"我很诗意地说了一句。

我不知道这是不是心理学的理论，但是"不带敌意的坚持"却往往是有效应对冲突的方式。只要能多坚持一段时间，作为你的亲人和朋友，非但不会反对你的选择，甚至会不由自主地支持你。

按存在主义的哲学说，我们之所以存在，因为我们为自己做出选择。当处于"他人即地狱"的困境时，只有通过自我选择才可获得自由。同理，当我们让对方视自己为"他人"时，我们是否也能尊重对方的选择，让所有人本真、自由、清晰地存在呢？

6.6 "坏"情绪的通用魔法

谈了这么多情绪，皆是负面情绪，但我偏偏要说这是"光明系魔法"。因为负面情绪的能量是可以让自己更积极的。归根结底，职业中任何情绪的应对，都必然遵从这样的过程：

1. 觉察情绪

这看似是一件容易的事，但人们却并不那么容易做到。当我们抱怨的时候，我们往往否定自己的愤怒；当我们焦虑的时候，我们也往往只是着急得团团转，并未意识到是焦虑。一个孩童在出现负面情绪时会哭闹，而随着一次次被大人压制，有情绪时开始不哭闹、不发泄、打碎牙和血吞。于是就再也觉察不到情绪了。我在此弱弱地以为：为什么女人总体上比男人活得长，可能是因为女人比男人更喜欢哭，因为女人可以自如地觉察到情绪并发泄出来。

当我们觉察情绪的时候，很像自己多长了一只眼。这只眼可以观察自己情绪的样子，情绪流动的样子。

日本有一则古老的传说，一个好斗的武士向一个老禅师询问天堂与地狱的区别，老禅师轻蔑地说："你不过是个粗鄙的人，我没有时间跟你这种人论道。"武士恼羞成怒,拔剑大吼:"老头无礼,看我一剑杀死你。"禅师缓缓说道:"这就是地狱。"武士恍然大悟,心平气和地纳剑入鞘,鞠躬感谢禅师的指点。禅师道:"这就是天堂。"

在禅师心中,地狱与天堂的区别就在于内心是否有第三只眼,当武士觉察不到自己的情绪时,他就进入了地狱;但当他一下子觉察到情绪时,就进入了天堂。

2. 说出情绪

我也不知道是为什么,当我们有负面情绪时,一旦觉察并说出这个情绪,它所带来的能量就突然下降。这个方法在每个人身上都屡试不爽。当觉察到情绪时,就把它说出来。

"我有点生气。"

"我很焦虑。"

"别理我,烦着呢。"

……

3. 接纳"坏"情绪

"接纳"是一个很哲学的词汇。当我们有"坏"情绪时,我们的第一反应是把它们给"扔了",而实际上这东西没法扔掉。但是能心平气和地接纳它们却同样很难。在康娜莉娅·莫得·斯贝蔓写的儿童绘本《我的感觉》中,总提到一句话:每个人都会有××的时候。

每个人都会有生气的时候;

每个人都会有嫉妒的时候;

每个人都会有悲伤的时候;

每个人都会有想念他人的时候;

…………

这句话就是一种接纳情绪的方法。当我们知道所有人都会产生这样的"坏"情绪，天生的归属感让我们承认，我们没法把自己的情绪给扔掉。扔不掉，就承认并接纳它们存在于我们的内心吧。

4. 让情绪飞一会儿

在每一个情绪到来时，本书中都给了同样的方法，就是"别着急，让情绪飞一会儿"。原因在于边际效应递减规律在起作用，当情绪"飞一会儿"之后，情绪本身的能量就会自然下降。此时，就索性让情绪狂奔吧。

不过请注意，别让情绪"裸奔"，特别是攻击性情绪：愤怒。如果让其裸奔，那可能会把事闹得更大，就算砸不到小朋友砸到花花草草也是不对的。在愤怒狂奔之前，先数一百个数，给愤怒一个"穿内裤"的时间。

5. 观察情绪背后的内容

如果我们能更深层体验一下情绪，觉察一下情绪是怎么来的，那简直再好不过。因为情绪背后藏着一些平时自己都很难知道的真相。嫉妒可能来源于焦虑，焦虑又可能来源于恐惧，恐惧可能是因为不清晰的后果。

已知的恶魔比未知的恶魔可爱。我们总是不愿意触碰真相，因为我们不愿意让恶魔更清晰。

6. 让情绪推动改变

飞一会儿就好，别飞得太远，否则会沉迷于其中。一切情绪都是发生改变的导火索。你可以改变事情，也可以改变自我，同样可以改变跟他人的关系。总有人较真儿地说"我这些都很难改变"，那就改变对事情的看法。我们都知道中学大学学的某些课程在实际工作中一点儿用也没有，还要应付考试，浪费时间。但在自己所能控制的范围内，这件事没法改变。那就不如改变一下对此事的看法。

归根结底，每个人的情绪都是自己的情绪，要长成为自己的样子，就让我们的情绪也帮助我们长成为自己的样子。

第七章

黑暗系：如何面对权谋

　　职场就是一个大江湖，有江湖就有恩怨。我们在职场
上面临的大量问题，都是来自于这个江湖上的恩怨，即：
如何处理职场的人际关系。

　　我们到底要如何看待来自职场上的这些利益纠葛呢？
如何处理这些纠葛同我们职业梦想本身的关系呢？

　　那些权、谋、术，令人感觉黑暗，但似乎又必须要
面对。

　　如果真的要有"黑暗魔法"的话，那就是面对职场上
错综复杂的人际关系的招数。

　　其实，这类魔法在当下大量畅销于世面的职场小说和
职场书籍里比比皆是。里边有权谋、有斗争、有谎言、有
背叛。

　　他们把该讲的都讲了，我自觉就没什么可讲的了。

　　因为，即便工作了十几年，我还是很惭愧。

　　我的"黑暗魔法"修炼得不太好。以至于我在酒桌上
总是因为不会敬酒而被领导批评"很矜持"，在一些会议
上也因为不会说话而索性闭口。

　　即便如此，我想说出的是我自己认为的职场关系的

"鬼话"，我自己的"黑暗魔法"。

我的"黑暗魔法"并不"黑暗"。

7.1 办公室政治：你可以区分环境

当你进入职场时，很多人都会告诉你："一定要懂点儿办公室政治，别被人玩了还给人点钱。"同时给你推荐了不少职场斗争的故事书。然后，当你看了那些书之后，你会深深地发现，在职场中，能力并不重要，重要的是会玩儿这些斗争游戏。在那些书里，企业就是一条条贼船，船上的人并不在乎企业到底是否能赚钱，也不为企业发展操心，还不需要创造太多业绩和产品，他们主要就是做这样几个游戏：

分苹果，如何抢夺利益：当你带队伍吭哧吭哧开发完成一个产品，并马上就要推广上市时，往往一堆其他队伍就迅速出现，他们开始为这个产品狂做宣传，看上去像是自己开发的，然后在各级上司面前邀功争宠，这是典型的下山摘桃子，窃取革命果实。此时，你会怎么办？

爬大树，如何谋取晋升：企业做出什么产品和服务并不重要，重要的是上司要什么。因为只有满足他，他才能提拔我，同时，还得好好留意那些同样觊觎这个职位的同僚，越往上职位越少，而竞争这个位置的人就越多。

背黑锅，如何分摊责任：分苹果时大家都虎视眈眈，到了担责任时却一个个都不见了踪影。项目出现问题，一堆人最先考虑的不是问题如何解决，而是板子会打在谁身上。也因此，我们被上司训斥的原因往往不是项目失败，而是为什么没把责任甩出去。

站队伍，如何跟对领导： 你要是谁也不跟，那人家会怪你清高孤僻，马上就被孤立；但是你若是今天到张总手下，明天又觉得跟李总有前途，那人家又会怪你墙头草随风倒，没立场；好歹跟了一个上司，这老大又死在了残酷的派系斗争中。跟对一个上司，就属于做了得道之人的鸡犬，你不往上走，有人会拉你走。

上眼药，如何应对使坏： 你的背后总有几张嘴，他们经常出现在领导办公室里，今天扯扯这个人的闲话，明天再给那个人使使绊儿，你的一切偷懒迟到上班时间聊 QQ 经常出现在他们嘴里和上司耳朵里。你该怎么办？

…………

这些游戏和谍战电视剧相比，除了不杀人，就没什么太多区别了。但是我却想告诉各位有职业梦想的朋友：

这些都是被过分夸大的一面，多数企业根本没那么多猫儿腻。

如果仔细分析这个充满利益斗争的环境，黑暗魔法的核心并不是创造利益和价值，而是当价值利益（也包括负利益，即损失）来到之后的分配法术。于是，这里就产生一个很明显的问题：我们从事的职业是以创造价值和利益为动力，还是以分配价值和利益为动力？

江小鱼是一个自由职业者，他现在的工作是为一些公司进行动画制作，不客气地说，他对这份工作比较满意，既可以发挥自己的能力，又能有些小的创意，同时并不会被朝九晚五的单调作息所束缚。这份职业，明显以创造价值和利益为动力，他为雇主创造一份服务，雇主按照经济法则支付给他薪水、认可和后续的"订单"，这其中，很少涉及利益分配的游戏。对他而言，所谓的职场斗争、办公室政治，从未有过。

而对于花无缺而言，同样也没有什么职场斗争。他在一家规模中等的民营企业里做工程师，所做的工作包括勘察、图纸、审核、维护、技术支持，他并不喜欢这份工作，但是他的工科硕士学历、熟悉的技术知识和支持能力以及这份工作可以挣得不错的收入，使得他在这样的岗位上坚持了下来。未来的职业发展道路相对稳定，他会发表一两篇论文，并且通过对技术的熟练掌握而成为高级工程师，负责更复杂的设备技术支持。对于花无缺而言，同样不需要考虑复杂的职场斗争。因为这种企业的核心竞争力来自对设备的了解、设备开发以及设备的技术支持，企业靠产品和服务生存和发展，也靠能开发、维护产品和服务的人才生存和发展。企业内部的利益斗争和政治从来都是老板所要避免的内容，因为这要消耗大量的内部成本。

即便是国有企业，特别是以设计、制造及服务业为核心的业务部门，其内部的职场斗争和办公室政治依旧只占一小部分。当企业以营利为核心时，一切消耗成本的内耗都会自动成为老板需要避免的内容。在我遇到的诸多职业人事中，无论是高层、中层还是新员工，在自己的工作中，连续加班的目的并不是去搞什么内部斗争，而是完成工作任务创造价值和利益，无论这份价值是为自己的还是为"资本家"创造的"剩余价值"。

那么到底什么样的办公室是以"办公室政治"为核心游戏呢？

如果一个企业或其中的某些部门，其所提供的产品和服务并不依赖于消费者的需求，而是依赖于某种特殊的渠道或资源，在这样的环境里，利益分配就变成了动力。

很多来自外资企业的人士会跟我说起外企的办公室政治多么复杂。但是我却注意到一点，有这样一类外资企业，它们的办公室，几乎都是那种类似"亚太总部""大中华办事处"的部门，你会发现，这样的部门并不是整个企业创造价值和利益的关键部门。部门的上司往往会像走马灯一样你方唱罢我登场，昨天是个美国人，明天又换一个英国人。而这样部门的"业绩"，有一套复杂的计算方式和准则，我曾经问过一个外企员工："如果有一天你们部门被裁掉，会不会影响你们总公司的业绩？"他给了我一个意味深长的眼神（注意，以上说的是某一类外资企业，大多数企业依旧是以劳动创造价值为核心）。

这让我想起了一个关于这类企业的笑话：

两个食人族开开和心心被招聘到某著名公司，公司对他们的要求是不许吃人。但是过了半年，他们被双双辞退。辞退后，开开埋怨心心："都怪你！咱们之前的五个月，每个月吃一个项目经理，根本没人知道。你非要吃打扫厕所的，结果那个厕所两天没被打扫就马上被发现了。都是因为你。"

在这样的企业（或部门）中，确实也上演这样类似的故事。企业通过种种程序和手段招募不少人员（一些外企甚至要五次面试），但有他无他真的对项目没太多影响。其核心原因就在于，这类企业的业绩往往不是大多数员工挣得的，而是借助某个渠道和资源获得的。

这同样包括大量的事业单位（事业单位的收入多数不是靠自己经

营而得的，而是靠国家拨款，或者是通过一些特殊渠道或资源申请项目而得）。因此，在这样的企事业（或部门）中，创造利益则没有任何市场，而分配利益则成为主要职责和工作，而如何分配利益，如何让自己处于利益分配的有利一方，如何躲开利益陷阱就成了在这个环境中生存的一种能力。于是，一个杀机四伏、弱肉强食、党同伐异的生态链就这么形成了。

这个环境很像一部环环相扣的悬念剧，充满了戏剧感和故事感，也因此成为了小说、戏剧、文学中的一个颇有读者群的流派。

因此，如果你只是一个"看戏之人"，而并无兴趣和能力去演这样的戏剧，玩儿儿这样的游戏，你首先要做的是：

区分。

区分你要从事的职业、企业，它是以创造利益为动力，还是以分配利益为动力。

如果你从事的工作是这个企业产生价值必不可少的环节，那这样的工作和环境，办公室政治必然不多；但反之，你从事的工作最多只是锦上添花，甚至可有可无，那必然会有不少的斗争和诡诈。

同时，我们需要避免陷入一个幻觉，就是当喜欢看戏的时候，我们会感觉自己去演一下似乎更过瘾，当我们在各种媒体上看多了这些职场斗争之后，往往会产生一个错觉：这很有趣，换我去耍也同样会"一切尽在掌握中"。但是，多数人可能头破血流，同时丧失了内心最真实的感受。

面对办公室政治，最核心的区分是：

我们是仅仅想看一出戏，还是真的想去演这一出？

7.2 如何玩儿好办公室政治

如果你很喜欢玩儿这个游戏，真的感觉很像谍战片的特工，或者，你进入到这个以利益分配为核心的棋局当中，该如何玩儿好这场游戏呢？

这里有一个很好的方法：

第一步，上这样几个网站：当当、卓越、京东。

第二步，在搜索栏搜索"职场"及"官场"，会看到很多小说和厚黑学的书。

第三步，买十本小说看。

第四步，学个一星半点儿。

第五步，多长心眼儿，在游泳中学习游泳。

……

本节结束。

7.3 职场的博弈策略

当我们做出区分之后，就可以做出选择，喜欢搞权术则尽管投向办公室政治丰沛的事业单位和机关，而没兴趣和能力玩弄权术的人就去找那些办公室政治不太多的环境从事工作。

不过，俗话又说回来了，"有人群的地方，就会有左中右""党内无派，千奇百怪"。职场中必然会跟不少同类打交道，既然是打交道就总会涉及利益。我们可以不去投入演这一出"政治"游戏，但是形势和人际关系非要逼着我们参与时，也得有原则和策略。

职场中人与人之间的关系就是一场博弈。如果懂得一些博弈论的道理，就能明白在职场中的处事原则。

博弈论中的经典案例就是"囚徒困境"：

当两个犯罪嫌疑人被抓到看守所之后，就陷入了这样的游戏规则中。

如果双方互相检举，各判六年；

如果双方同时沉默，各判一年；

如果一方检举一方沉默，检举方释放，沉默方判十年。

	甲沉默	甲背叛
乙沉默	二人各一年	乙十年，甲获释
乙背叛	甲十年，乙获释	二人各六年

他们会采用什么策略？

答案在各种书籍和网络中都能找到，那就是：选择互相检举，最后的结果是各判六年。这是一个"双输"的选择，但这对于两个囚犯而言，是最划算的选择。这个结论称为纳什均衡，以纪念发现这个定律的数学家纳什。

那么，办公室的人是否也遵从"互相拆台"的原则来行事呢？确实存在这样损人不利己的人，但科学再次站出来予以否认。

人们发现真实的生活并不是一次"囚徒困境"，而是 N 次囚徒困境的重复。于是又有科学家设计了"重复多次的囚徒困境"的玩儿法。而经过分析和程序实现的最佳的策略，同样令人大跌眼镜。

其策略就是俗话说的"投桃报李""以牙还牙"，《论语》里说的"以直报怨，以德报德"。

这个策略在职场中照样行得通。

首先，与人为善。

无论我们的同事是谁，我们都友善相对，投之以桃。同任何人的第一次接触，都以助人者的角色出现。如此，当对方给予好的回报时，双方就会建立起一种信任关系。

同时，学会还击。

盲目乐观者往往会被一些"小人"策略无情打击。在职场中，你会看到一些人在充当无原则的好人，即便价值和利益被其他人抢走也依旧不会去捍卫。这样的后果，一是无人知道真实状况，二是并没有人能同情他们。

张无忌最近的烦恼是遭遇恶邻，与自己在一个项目中共事的工程师成昆属于不帮忙专添乱的类型，总是把简单任务复杂化，把小问题越搞越大，却从不抓主要环节。这导致项目延期。当上司问起的时候，成昆恶人先告状，把责任赖到张无忌身上。

对于张无忌来说，可以有多个选择：灰溜溜地认栽，那可能会继续被成昆欺负，以后很难被人认可，甚至会被其他同僚欺负；与上司澄清并还击，那上司会不会有更大意见；愤怒地找成昆理论，那跟同僚的梁子算是结下了，还会被传出恶名……怎么做都是错。

好在张无忌明白以牙还牙的道理，他采用直接还击的方法，向上司描述事情的真相并希望能独立完成项目以赶进度。其实上司现在并不主要关注责任，而是关注项目本身，因此，张无忌在还击的同时，还提出了问题的解决方法：单独承担该负责的工作。同时，以后再面对成昆的无理要求，张无忌选择了冷静地拒绝。

这看上去是同成昆有了隔阂，破坏了阶级兄弟之间高尚的友谊。但是无忌如果不还击，成昆以后就很可能更加肆无忌惮。还击的目的就是让多数人明白自己的原则、底线和立场。自此，成昆再无为难张无忌之举。

还击之后，继续为善。

很多人总是在还击之后与对方交恶，这会给企业内部制造新的裂痕，使自己断了一条人脉，同样也不是企业愿意看到的。因此，每次还击之后，事情平息下来，同对方敌对十分不明智。应该依旧与对方为善，和谐相处。多数斗争的原因无非是每个人都害怕承担后果而采用自保行为，少有无端搬弄是非的小人，也就没必要一直敌对。

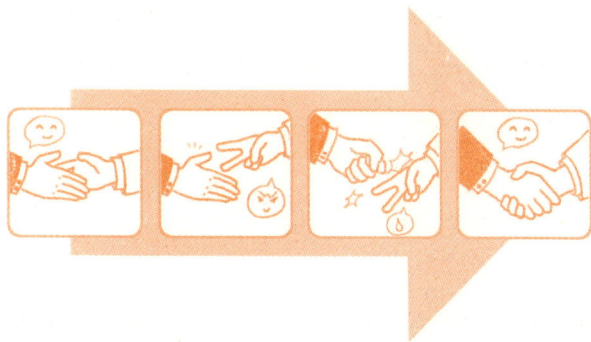

"以牙还牙"的策略乃堂堂正正的策略，并不像很多职场小说写的那么邪恶黑暗，但这个策略却被证明是职场中最有效的策略。

7.4 是否要真诚

王小波在他的文集里提到花剌子模信使的故事：

中亚古国花剌子模有一个古怪的风俗，凡是给君王带来好消息的信使，就会得到提升，给君王带来坏消息的人则会被送去喂老虎。于是将帅出征在外，凡麾下将士有功，就派他们给君王送好消息，以使他们得到提升；有罪，则派其去送坏消息，顺便给国王的老虎送去食物。

其实，送信的信使也明白，送坏消息就是死，不如作假，把坏消息当成"大捷"报上去，还能被提升。

那么，在真实的职场中，我们到底是要真诚地说明状况呢，还是做个花剌子模的信使，只报好消息、只说上司爱听的呢？

如果花剌子模信使的故事不像职场，我再讲一个职场的例子：

张鹏和陈峰都是 ABC 技术领域的专家。一次他们的上司李总把他们叫到办公室，李总提出了一个异想天开的想法，欲进军 ABC 领域，并用半年时间开发一个新产品。这让二人一愣。因为两个人都清楚地知道，这个想法完全不靠谱儿。但是他们的表达却完全不一样。

张鹏表现得唯唯诺诺，他全盘接受了李总的要求，频频点头："我们做成了，就能在这个领域占有一块阵地，这样应该没问题，可以完成。"

而陈峰则就整个产品的核心技术、开发环境和资源提出了疑问：

"我们确实应该进入 ABC 领域，李总的这个想法也值得一试，不过我还是有一点儿担忧，按照开发的经验，我们得上马一个实验环境，如果我们有人力和资金，就好办些。"

最后还是很犹豫地说："我觉得按现有的资源，半年时间很难实现，但如果有一年时间和二百万资金的投入确实可行。"

我的问题是：你觉得上司会更信任谁？听话的张鹏还是质疑的陈峰？

真诚已经成为当今社会极为罕见的东西。因为我们要说的实话，往往是对方不太爱听的话。因此，我们在职场中不愿意以真诚示人的原因在于：得给对方面子，做花剌子模的信使上司才高兴，一旦说了真话就很可能发生冲突……

冯小刚在他的那本《我把青春献给你》中对于"实话"做了很到位的论述。

"我实话告诉你吧，'实话告诉你'的含义有两层：

"其一，原来说的都不是实话。

"其二，后面说的不是好话。"

于是乎，很多人在遇到说真话会让对方不爽的状况时选择不说真话，这样你好我好大家好，领导有面子，心里舒坦，自己也没准得到重用。

但是，这要付出代价。

一旦上司同意了张鹏的意见，把项目交给张鹏去完成，那后果自然是失败，而承担后果的除了张鹏本人，还有他的上司。这种浮夸的虚伪带来的是"陷对方于不义"的窘境。开始时因为面子而犯下的错误，到后来会变成难以下咽的苦果。

而这个案例的后续状况是：李总听从了陈峰的质疑，只是要求两位找时间写一份说明，就此作罢。而之后，上司就对真诚的陈峰越加信任，逐渐在 ABC 领域拓展新的团队，并把整个 ABC 领域的团队和项目交给了陈峰管理。

很多人都困惑于职场上是否要真诚，他们对真诚有一种发自内心的恐惧。于是便有一些人选择做花剌子模信使，对上刻意逢迎而隐瞒问题，对下狐假虎威，对同僚虚与委蛇。但这一切都建立在一个幻觉的前提下，那就是所有人都是大傻子，他们都相信我们的谎言。

而实际上，当我们言不由衷地说一些自己都不相信的话语时，对方会从我们的表情、眼睛来看出这是否是实在话。

作为一名项目负责人，陈峰总会经手一些确实没什么价值的项目。在一个大型国企里，总会有一些人在领导耳边轻声细语，由此就形成了一个没法完成的项目。领导当真能希望项目结果十分风光，节约成本一堆，降低能耗一堆，填补国际空白一堆，而且还得快，一年？不，半年出成果。当负责这样的项目时，他就会十分纠结，高层已经提出了殷切期望，而那些真正在炮火前线干活儿的工程师却更了解真相。

如果你是陈峰，你该怎么做？

如果他用"官话"去装腔作势，或者用强力压迫，都违背本心，也不会得到同事的真心支持，但又没有对上拒绝的可能。

这真是一个很无奈的选择，他选择了对同事真诚，即：真诚面对项目的现状，并表达自己的感受。他开了一个启动会，在会上，他很直接地表达了自己的感觉：

"这个项目，相信大家都懂。我比较无奈。多快好省从来都是矛盾的，其实谁都明白这个道理，但是我们还得去做，谁让我们是挣这份钱的？希望大家能理解。如果拿不出成果，我来负责。"

其实，下属们也理解这些无奈，他们能为负责人付出支持的动力往往就是因为一句实话。在这个真诚稀缺的环境里，说出自己的真实感受，就会收获更多接纳和支持。

而同时，陈峰同上司一样表露了真诚："我有一个担忧，就是从技术上看，这个方案有些违背客观规律，很难成功。我们有没有办法再和客户多沟通一下，看看还有什么变通的方式？"

其实，上司也不喜欢斗心眼儿，说大话。上司不愿意把心思花在猜谜语上面。当对上司和下属都采用真诚表达的方式，并得到理解之后，项目本身的推进通常会更顺利。

此时，我依旧要澄清一种误解。诚如冯小刚所言，真话往往都不是对方爱听的。如果真诚地说了真话，那是真的可能得罪于人。于是乎一些人就有此判断：不是我们不想真诚，而是在这个职场的大斗兽场，我们真诚不起啊！

真诚很有价值，实话没人爱听。这可怎么办？

带有尊重的真诚。

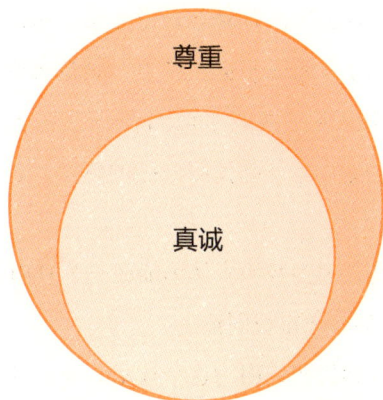

我们是个特别要面子的民族，饿死事小，失节事大。"不给面子"，那是很难担待得起的评判。因此，在职场上真诚的同时，一定要尽可能给足对方面子。用正面积极的说法就是"带有尊重的真诚"。

选择好场合。在团体会议中揭他人短，这不叫真诚，这叫鲁莽，"愣"。如果真的对项目和事情有看法，一定要选择私下场合表达。

表达中尽量减少愤怒。如果你的真诚充满了愤怒等攻击情绪，那往往会引起对方的警觉，双方的"真诚"沟通就会剑拔弩张。因此，诚如我在光明魔法中所说：愤怒的情绪一定不要裸奔，要给它穿条"内裤"。

对事不对人。这条似乎是职场真理，因为一旦针对人，就总会有不满情绪的表露，就会无意中伤及某人。因此，在真诚表达之前，我们往往会加一句："我是就事论事……"

真诚表达自己的感受。在那些大型国企和外企里，人们很难真实表达自己的观点，也很难真实表达事情的状态，甚至很难真实表达项目的意义和价值，因为种种讳莫如深、心照不宣、不可言表的原因。但是，无论怎样，我们唯一可以真诚表达的东西，是感受。我们可以表达自己的情绪，有时会觉得无奈，有时会觉得悲哀，有时会觉得失落，有时会觉得不爽。没事，表达感受不会碍事。自我的感受并不针对任何人，而只是面向自我，因此没有人会产生警觉，特别是当我们仅仅是表达我们自己的感受，也同时只是归因于我们自己时。

"我觉得很悲伤，因为我原来认为能在三个月内搞定的。"当你说这句话时，所有人都会觉得很同情。

"我有点儿生气和失望，因为这个技术本来是可以落地的。"当你说这句话时，也不会招人恨，因为这是你的希望。

无论怎样，哪怕多真诚一点儿，就会换来一点儿真诚。

其实，每个人都不喜欢谎言，因为一个谎言需要十个谎言来圆，以此类推下去，这个世界就没真诚了。当真诚缺失，信任成本会高到永远也还不起。

7.5 我们的深渊

我的一个朋友小衡在一家国有企业做工程师，工作充实，收入还算可以。在写到本章时，我问她一个问题："你们企业，像大国企，肯定有办公室政治吧，给我讲讲。"

她想了半天，意味深长地跟我说："你心里有办公室政治，眼里就有；心里没有，眼里就没有。"

我感觉她在跟我讲禅宗故事，玩儿文字游戏故弄玄虚，就继续追问："没太明白，怎么讲？"

她于是给我讲了一个她的故事：

"我是中途进入这家企业的，其实也不太被领导看好。过了一年，我们换了一个新的大楼，几十个人分到了几个大办公室里。当我被分到新办公室时，我发现我的工位是靠西的，外边的光线很好，我就觉得超满意。但是同办公室的人跟我说，你没发现我们被边缘化了吗？咱们办公室这十几个人，就没有领导看得上眼的，你看看咱们屋，离领导最远，又最小。慢慢地领导就想不起咱们了。我觉得他说的也太耸人听闻了，把自己的工程干好就得了，没必要想那么多。"

也许，她是命好，去了一个并不以利益分配为导向的国企。也许，她们这种理工女本来就不需要搞这些政治，单纯地把工程做好，图纸出好，就一切 OK。也许，她还没卷到斗争里。也许，真如她说，心中有斗争，眼中就都是斗争，心中没有，眼中就没有，慢慢就真的没有了。

如果让我相信，我相信最后一个"也许"。

有的时候，当我们认为职场中充满云谲波诡的险恶和斗争时，我们就发现真的是这样，到处都在"下一盘很大的棋"。但当我们用纯真的内心去对待这些，遵守"与人为善，以牙还牙"的原则时，斗争反而不会加之于己。这很是奇怪，但是往往有效。我感觉这似乎是内心的力量，斗争者会不由自主地不选择同纯真者玩儿这类游戏，二者总是不在一个轨道上。究其原因，可能是因为二者追求不同，价值不同，以至于没法形成利益博弈的格局所致。

尼采说过一句很晦涩的话："当你凝视深渊，深渊也在凝视你。"N多人对这句话有 N 多种解释。我对这句话的理解是，当我们玩儿一个东西玩儿久了，就会被那个东西异化，即被它玩儿。比如演员，演戏演得戏如人生，难免最后人生如戏，最惨的就是"哥哥"张国荣，演心理医生过于投入，最后选择愚人节搞掉自己。再比如，当我们玩弄政治、权术和斗争时间久了，最终会被这些游戏"反误了卿卿性命"。

正如小衡所说，佛家总爱用"心中有佛，则处处是佛"来度每一个人。而我承认，客观也许真的存在"深渊"，存在那些政治、斗争、利益等黑暗的"术"，但我们要做的，并不是"凝视"，不是掉到权术的旋涡里，而是寻找绕过去的办法，如"与人为善，以牙还牙""带有尊重的真诚"，最终发现自己的频道，在自己的频道上与人相处。

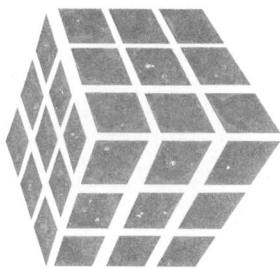

第八章

你是职业魔法师

8.1 拆解职业问题

在跟很多人谈论他们的职业困惑和职业问题之后，我看到了很多类型的职业问题。你的职业问题是否属于以下几个：

不知道哪个行业方向更适合发展；

不喜欢当前的工作，想去从事其他职业，不知道该怎么走；

有 N 个 OFFER（入选通知书），但不知道选哪一个；

该如何进入想去的行业、企业和岗位；

父母想让我回家乡，去做一份稳定的能看到三十年以后的工作，但我更想做变化多端的工作，我们之间发生冲突，不知道该怎么办；

在中国混，没有好爹爹好舅舅，没有关系，怎么才能找到心仪的工作；

已经知道下一步要参与到什么职业当中，也做了计划，但是我还是担心，把之前所做的一切都当成是错的，不知道该怎么办；

…………

在面对这么多问题的时候，我有种感觉，其实，我们真正的职业困惑无非就是这样几类：

1. 不了解职业环境

很多时候，我们会被行业、企业、职业表面的宣传所迷惑，而并不了解真实状况。

很多人都觉得做咨询是很有创意和成就感的工作，殊不知当你拿出一个你精心调研、突发奇想的咨询方案呈现给客户时，他却摇头说："这几个方案不太符合我们的需要，上边儿的意图是能否在成本方面多分析一下研究一下。"而且，在中国还有一个很要命的地方，客户说话从来都是含含糊糊，你除了提供方案之外还得有猜谜语的能力。同时客户总是会催得很急，让你尽快出新方案。这样的反复会出现六七回。直到最后你也烦了客户也烦了，他就甩一句让你很崩溃的话："都是我们提建议，要你们咨询公司做什么？"此时，尽管你心里波涛汹涌想大嘴巴抽对方，但还得按捺心中不平，露出八颗牙保持微笑并倾听，然后继续改。最后终于改好了，到第八个方案客户也满意之后，你发现这个方案好像之前做的第二个方案呀。而还有你没注意到的地方，那就是你在赚钱补充现金卡的同时，却很可能因为长期和客户在一起连续加班而花掉了你的健康银行卡和家庭银行卡。

这就是真实的咨询工作。我不知道这样一说你是否还会把它列成你心仪的工作。

此时，你觉得需要使用什么魔法才能从不知道环境到逐渐知道环境呢？

自然是土系魔法。你需要了解职业、行业的真实工作状况，需要了解产业发展的规律和动向，还需要进入你"梦想"职业的圈子，熟悉他们的暗语、游戏规则，结交圈内人士，同时确保自己那几张银行卡的稳定。

2. 不知道自己

让我们先来观察四个汉字。

忙　忘　盲　茫

每个字都带一个"亡"字。如果追根溯源的话，亡，并非死亡的意思，而是"逃"的意思。

当我们没日没夜忙于工作，我们的"心"就在逐渐逃离，是为"忙"；

慢慢地，"心"就被甩在了后边，于是我们就忘了内心的需要，是为"忘"；

再之后，连眼睛也被甩到了后边，以至于看不到方向、出路，是为"盲"；

最后，便如同陷入一眼望不到边的大水中，心灵和眼睛全部被扔到了后边，就是"茫"；

这个拆解很有意思，不得不让我又领略了仓颉造字的高明之处。

这似乎就是多数人的职业生涯的写照。先是"忙"，之后"忘"，之后"盲"，最后"茫"。

我们对职业的问题往往会停留在"弄清楚那些职业是什么，弄清楚职业有何发展"的问题上，而躲在职业环境背后的东西，却是我们自己到底能干什么，我们自己到底喜欢干什么，自己适合干什么，自己一辈子追求什么。

面对不知道自己的困惑，面对"迷茫"的困惑，自然要用到风系魔法。我们需要通过自己职业困惑中的定位能力、兴趣或价值观的问题，发现自己的能力、兴趣和价值观，从中看到真实的自己。

3. 不会做选择

当清晰了职业和自我时，我们的困惑就从问答题转变为选择题。

这些职业选择题不外乎这样几个选项：

继续在本企业做本职工作？转换职位？转换行业？

但困惑并不在选项里，而在整个选择的过程中：

首先，你的选项从何而来，它们是否真的是你的选项？

于是，经过再三筛选，你的选项会再次改变；

其次，当它们确实是你的选项时，你是如何权衡的？

你是否琢磨过自己以前是如何做出一个重大选择的？是否考虑过每个选项背后的价值和代价？是否会担心万一后悔怎么办？

最后，你会选择怎么切换？

而我们面对的职业选择的困惑，往往并不来自于选项到底是什么，而是我们并不清楚自己是如何选出答案的，甚至我们也不清楚有什么方法来选出答案。

水系魔法关注的就是这些，它并不关注你的选项，而是关注你是如何选出自己的答案的。

4. 不行动

职业问题并不像我们考试的所有问题：论述题写理由，问答题写答案，选择题涂黑。然后检查一遍，深吸一口气，交卷子。

当我们对职业做出选择时，并不是深吸一口气，一个猛子扎下去那么容易。此时，往往"拖延"小朋友就笑嘻嘻地出现，把我们往更舒服但更容易后悔的方向带。

我曾经上过很多英语培训班，在工作开始的时候上了考托福的班，几年之后上了考研英语的班，又过了几年上了成人口语的班。

你知道我为什么去上这些班吗？

因为每次在报班之前，我的工作都面临一个不大不小的新问题和新困难，于是就会产生一个又一个学英语的冲动，我似乎是在给自己找一个理由，那就是我学英语总能对我的工作有帮助吧。在我上这几个培训班的同时，我发现了一个更有意思的现象，那就是跟我面对一样状况的大有其人，甚至有人在职业中遇到了困难就辞职，然后开始上英语班学英语。

难怪英语培训班总能招到人，这背后有一个很有意思的原因。

因为学英语是我们做出职业选择产生"拖延"的替代品。当我们迟迟不进行职业行动时，我们就拿学英语作为一个小小的理由："没事，先用点儿时间学英语，总归不亏吧。"

此时，我们是否应该在自己屁股后边烧一把火，让我们在内心真正的选项上打钩，并朝那个方向走去？这就是火系魔法所发挥的作用。

因此，你可以按图索骥，根据问题找魔法，然后达成你所要的。

8.2 带着失望前行

这是一个与我相关的故事：

还记得 2005 年东南亚印度洋的海啸吗？那场海啸席卷了东南亚周边所有美丽的岛屿，特别是我之后要说的那个岛——皮皮岛（Phi Phi）。

从著名的旅游胜地——泰国普吉岛向东南坐两个小时海船，就到达了这座更美丽的小岛——皮皮岛。那两天海浪很大，两个小时海船都晃来晃去，经过了一阵晕船呕吐之后我上了岛，在平地上还总觉得很头晕。不过，远处沙滩的美景总归让我们舒服了一下。

这里的海滩比普吉岛的海滩干净许多，海水很蓝，从沙滩眺望，海天一线，总是给人心旷神怡的感觉。沙子是一层一层的，走在沙滩上，脚底感觉海水一浪一浪地推，心情好了很多。沙滩边儿是一丛丛椰子树，树下就有当地淳朴的卖椰仔，你能随时吸到甜美清凉的天然椰汁。更养眼的是晒太阳的美女，她们几乎全部穿比基尼，一会儿躺在沙滩椅上晒太阳，一会儿扑到水里游泳，古铜色的皮肤、S 曲线映衬着蓝天阳光，让我瞬间感觉宛在天堂。我们做了一个决定，中午订房吃饭后，在皮皮岛的主要活动就是到沙滩上躺着，阳光、海水、沙滩、椰子、美女……

过了两个小时，到了下午两点钟，我们准备停当，来到那个"久违"的皮皮海滩时，我们却看到了一幅"美女走光图"。

美女全走光了。海滩上没几个人。

因为下午海水退潮了。整个沙滩变成了泥滩，海水在几百米外很远的地方，走在沙滩上，再也不能感受到海水一波儿一波儿袭来的凉意，也不能欣赏一拨一拨的美女了。我十分失望。要知道我们在皮皮岛的旅程安排只有一天时间，其他活动已经无法安排，下午难道就这么浪费了？

我太太说:"接受吧,回酒店看电视得了。"

于是我们沮丧地回到酒店,但是就在回程的路上,我看到地图上有一个叫作"VIEW POINT(观景点)"的地方,我问她这是什么地方,她说这是一个山顶,能看日落。但是看日落的点离酒店很远,还要爬一段山路,我们上午是晕船过来的,哪有什么体力走那么远的路呢?

先停一下。

我讲的这个小事,跟我们的职业梦想有什么关系?

因为就在那时,我突然发现,当时这个状况很像我们多数人的职业,开始的时候发现了"心仪"的职业,然后就满怀希望奔去,真正进入之后却发现是"美女走光图",因为没有了解"职业"背后的真相(没有了解下午海水会退潮)。此时,每个人都会很沮丧,在岛上无非就是享受不到度假的感觉,而在职业中却会形成长期的颓废。

就在这个时候,有一个小小的机会(看日落)来临,但是有点儿难度,而我们此时情绪低落,该如何选择?

我当时想了一下,说:"我们去看日落吧,现在离日落还有四个小时,天气晴朗。即便看不到日落,从山上俯瞰海岛,我以前还没见过。"当时我的想法是,既然出来旅游,不能享受放松,也得享受美景和旅行的感觉。这可能就是价值观的驱使吧。

于是,我们按照地图,找到了最短路线,根据图上的路线,离开海滩,进入一个小土山,拾级而上。即便如此,我们依旧对"美女走光图"充满失望,耿耿于怀,以至于担心到观景台看日落也没什么意思。当最后爬到那个观景台,坐在那几块大石头上时,我知道这个选择是对的。我能看到整个皮皮岛,它由两个月牙形海岛构成,一侧是海湾,停泊着一条条小船;另一侧则是"美女走光图"的海滩,在后边儿是一个小山，外边则是没有边际的海面，远处，太阳正逐渐西斜。就这样，坐在石台，喝着啤酒，看着太阳这样一点点落入海平面之下。

这同样也跟我们的职业很像。

当那个新机会出现时，我们要做的，先是用光明系魔法，整理一下自己的情绪；然后使用水系魔法，做出选择；之后就用火系魔法，做出自己的职业计划，并马上行动。

这个我自己的故事，那么简单肤浅，一点儿传奇色彩都没有。也正是这样，我才觉得这正像是我们每一个人的职业，没有几个人的职业生涯可以如乔布斯、比尔·盖茨、巴菲特那样传奇，那样"改变世界"。而更多人的经历则是在类似晕船、失望、纠结中反复，所获得的也无非就是类似爬到山上看日落，职业中设计一个好产品、写完一篇好文章，产品的一个功能得到实施，给听众讲述了一个有趣的知识等那么简单。

我们总是希望有一套快捷的魔法出现在面前，让我们充满希望，看到目标。一旦按照这套方法去做，就一定能满足愿望，实现梦想，成为 SOMEBODY（一个牛人）。而事实是，我们却总会被真实的生活撞了一下又一下腰。因为未来总是不确定，当满怀希望、充满梦想的时候，失望也就在暗处静静地等着，在一个一切安好的状况下突然杀出。这套魔法解决不了这个问题，而本来就没有魔法能干掉失望。

用 CT 扫描我们肚脐的部位时，你猜能扫描到什么？

不好意思，是大便。

任何一个健康的人，他的一生都会带着大便等肮脏的东西。我们总想把过去的失望、伤痛等阴影治愈再前进，就如我们希望自己身体里没有一点儿大便一样诡异。因此，你只能带着失望、带着阴影、带

着挫败前行。

好在我们的身体里有一套新陈代谢系统，让我们周期性地吸取营养，排泄废物。让我们身体里的废物只保持在一定分量一定浓度。

同理，我们的职业道路也有一套新陈代谢系统，通过这套系统将那些失望、伤痛保持在一定分量和浓度，这才是这套职业魔法的价值。

8.3 我们都是自己的魔法师

周星驰的《食神》是我很喜欢的一部电影，里面很多台词都可以被建构成好玩儿的哲理。在这部影片的最后，史蒂芬周跟唐牛比赛失败时，他说了一句话，然后就上天显灵，食神归位了，这句话如下："世界上本就没有食神，或者人人都是食神。"

世界上本就没有什么职业魔法师，或者人人都是职业魔法师。

你们懂的，所谓的职业"魔法"就是一个幌子，而所谓的职业"鬼话"说的也都是常识。

更直接地说，我本人就是一个拿"鬼话"、魔法当大旗的二逼青年。

在写这本书的整个历程中，我一次次盘问自己：我曾经的梦想到底是什么？

记得过去我家三口人只住在一间十二平米的房子里，到了初中有幸换到了两间房子，一间十五平米，一间十平米。在我十六岁上高中那年，我说出了自己的梦想，我说："我的梦想不是有多少钱，而是能有一墙的书。这些书全部是我喜欢看的，其中会有几本是我自己写的。"每当我想到一面墙上全是我喜欢看的书，甚至我自己写的书时，我就很开心。而此时我那个极具洞察力的母亲用一句话把我惊醒：

"那你首先得有一堵墙。"

于是我明白了。我跟你们所有人一样，都是在这个国家里为了有一堵墙而奔波的人。

到现在，我和多数工作了十几年的人一样，提升了能力，获得了经验，走在了机会上，也有了自己的一堵墙和一墙书，但是我依旧感到梦想缺失。当屡次面对梦想这个问题时，我都会犹豫，我真实的追求到底是什么？

"参差多态，乃人类幸福本源。"这是罗素先生说过的话，同时被王小波先生如放大器般传送到了这片国土。这似乎就是我的追求。

昨天坐公车，它行走在一条还算繁华的马路上，我透过车窗向外望去。两侧林立着各种参差多态的商店：售楼的、卖食品的、小吃店、卖自行车的、做家教的、卖乐器的……我也看到了参差多态的人：看计算机程序书的、玩愤怒的小鸟的、去早市买菜的、看报纸的、骑三轮送水的……这样一个参差多态的世界，每个人都做着不同的事情，但如果他们都只有"同一个梦想"，都只是长成了某个人或某群人要求的某个样子，这个世界的颜色一下子就变成了无趣的单色，无论是无趣的黑色、白色，还是无趣的红色、绿色。

还记得我在本书最开始说的"跑龙套的"角色吗？这个世界似乎只有"跑龙套的"和"角儿"两种人。其实，这根源不在角色，而在导演。当我们每个人都被某个"导演"所设计，我们的人生就进入到那个被设计好的模式，只能如此。

电影《楚门的世界》（ *The Trueman Show* ）中，金凯·瑞（Jim Carry）扮演的楚门（Trueman）从一出生就被导演设计成那出"真人秀"的主角儿，周遭一切，从父亲、母亲、妻子、好友，到工作、旅游、下雨、晴天，全部是设计出来的。看完电影，我甚至也开始用怀疑的眼光看我周遭的一切，我是否同样是一个被某导演设计的 Trueman。而你们呢？你们的生活是否也同样是被"设计"出来的？而更深一层的则是，有时我们知道自己是被"设计"出来的，我们依旧乐此不疲地去成为别人的导演而设计别人。

在影片最后，楚门来到了"桃源镇"的尽头，那纯洁的蓝天白云全部是摄影棚的内壁，此时，他面对两个选择，是继续待在这个被设计的世界，还是来到真实的世界。也许，真实的世界更加可怕和危险，在真实的世界他可能是 NOBODY（小角色），可能会遇到经济危机而找不到一份工作，可能会跟曾经相爱的爱人争吵、离别，可能遭遇到操蛋上司、处处使坏的同事和总想取代他的下属，可能会在开车时因为走神而出交通事故，可能会被很多随机的小衰神、小穷神附体，可能……但他依然走出了那个被设计的世界，去面对即便残酷可怕却真实可触的现实世界。他要做自己的导演，自己梦想的魔法师。

而我们又何尝不是如此？在《楚门的世界》中：当人们问及："为什么楚门至今不知道自己生活在怎样的世界中？"那个世界的缔造者兼导演说了一句很耐人寻味的话：

"We accept the reality of the world with which we are presented."

意思是："我们都接受眼前的现实。"

当我们接受眼前的"现实"，就离自身越来越远，离真相越来越远，也就无须成为自己的导演。但真实的我们并非如此，因为我们的情绪和感觉不会欺骗我们，当出现迷茫、怨愤、厌烦、焦虑等情绪时，就是我们内心想看到自身、真相，想自己做导演的呈现。此时，你是否如楚门一样，准备好走到桃源镇的边缘，跟那个被操纵的虚假世界 SAY GOODBYE（说再见）呢？

如果每个人都成为自己梦想的魔法师，都能在梦想道路上找到一些方法，即便对这片环境、土地有所失望和伤痛，即便带着失望和伤痛前行，那似乎也就是我梦想的场景：

货车司机小强自豪地开着大货车驰骋在不用交过路费的高速公路上；拉面师傅小军做拉面的时候活脱脱如太极宗师练拳；律师小王在法庭从容为自己的当事人辩护而无须担心自己的安危；程序员小林醉心于自己的代码世界而不必考虑是否转管理才是最好的出路；旅行者小郑在某个小镇的饭馆里把没有地沟油的小吃照片发到自己的微博里；专利审查员小红一下班就开始在网上写她精心构造的都市爱情故事……这一切，并不是某些人笔下的杜撰，不是某些著名的媒体、网站上所编排的内容。这一切，就是我们真实的生活场景。

而这并非"如果"，在当今这个社会，我们都能为这个场景的出现做点儿什么，为一种现代文明做点儿什么。在每个人自己的大门前伸进一个小脚趾，再伸多一点儿，再多一点儿。

跋
人生到处知何似

如果你能看到这里，那我就有一个判断：你喜欢看这本书。但是，我记得孔子曾告诫我们不要自以为是。因此，还是要对你的忍耐力表示诚挚的谢意。

每本书都这样，正文写完了，总得给点儿总结性词语才算真的 OVER（结束）了。一如你不能跟你爱的人温存过后就倒头睡觉，给一个体贴的拥抱才是真正的相恋。那作为这本书，激情过后，我该给一个什么样的拥抱呢？

梦想实现、成功、幸福……这些都是我们十分憧憬的词汇。因此，每个人都希望被冠以这些头衔，并去寻找能拿到这些词汇的"魔法"。每个关于职业生涯规划的导师、书籍以及培训都会给出一套套"魔法"，先自我探索，然后探索职业，做出选择和计划，最后一步步实现。

不过，如果我告诉你，其实是运气和随机主宰了这个世界，主宰了我们的生活，你是否会十分失望，骂我是大骗子，说鬼话呢？而事实可能恰恰就是"随机主宰我们的生活"，在《醉汉的脚步：随机小生如何主宰我们的生活》中，作者用数据、事例一次次地证明：偶然性比因果性更为基本。

还是拿被大家说了很多年的比尔·盖茨来聊聊。比尔·盖

茨的成功除了因为他有一个很牛的老妈之外,还有一件关键事情——比尔·盖茨赖以成功的核心产品 DOS 面世的过程:

让微软一下子进入最有钱企业的 DOS 操作系统是怎么来的?大家都知道是 IBM 请微软设计出来,并植入到所有 IBM 的电脑中,从而成就的微软。但是,当年 IBM 找盖茨开发操作系统时,比尔·盖茨因为能力不济,很直接地拒绝了,IBM 就去找了已经开发出一套操作系统 CP/M 的加里·基尔代尔。巧的是,基尔代尔当天不在,IBM 就只好跟他老婆谈,在一堆苛刻的保密协议面前,他老婆很情绪化地拒绝了。IBM 十分着急,其中一个管理者又找了比尔·盖茨,比尔·盖茨依旧不想自己弄,但是盖茨的老朋友艾伦发现了另一个操作系统 NDOS,这个操作系统的内核恰恰是 CP/M,于是一个"邪恶"的思路出来了:他们把那个 NDOS 买了下来,稍微改动一下,然后把名字改成了 MS-DOS,从此,MS-DOS 就安装到了每一台电脑上,微软开始飞黄腾达。而真正的"操作系统之父"加里·基尔代尔却逐渐被人忘记,他经历了一段时间的抑郁,因为一次意外而丧生。

如果基尔代尔当初答应了 IBM 的要求,如果比尔·盖茨依旧拒绝,如果比尔·盖茨选择原创而非"剽窃"……或许他永远也没法成为世界首富,微软也永远不能成为世界第一的软件公司,这就是随机在我们生活中的作用。

也许你会说这是个例,但是你同样还会找出成千上万类似的"个例"。我们总是喜欢听成功的经验,但是成功的经验往往都是被"合理"扭曲的。

那你自然会问,世界这么随机,我们为什么还这么处心积虑地去规划我们的职业、梦想,去寻找那一个个"魔法"呢?谁会去听你的"鬼话"?

因为这是每个人的本能。

每个人都想在自己的人生中寻找一种模式，赋予其意义，并用其来指导自己的生活。

我们迷茫、困惑和纠结的，恰恰就是没发现自己的模式，没发现自己模式的意义，于是自己就过得很憋屈。即便撞到大运，中了彩票，看上去很成功。但这种无意义感依旧存在心中，时间一长就又陷入新的困境，甚至更为艰难。

当我们发现并认同这样的模式和意义，同时按此生活下去，我们就会自认为过得有意义。而自己能认为过得有意义，这岂不是生命最好的礼物？

叔本华说："人虽然能够做他所想做的，但不能要他所想要的。"它道出了一个真理，成功、幸福从来就是自我行动和随机性结合的产物。此话听上去如此悲观，但其背后却是真实的乐观和从容。因为你可以反过来想：尽管你不能要你想要的，但你一定能做你想做的。

这也是作为职业规划师，我在这本书里讲的最后的"鬼话"：假如你得不到你想要的，那你还要不要做你想做的？

当生命和世界都充满随机性时，假如你创业失败、你平庸难有成就，假如你的孩子也没那么成功，假如你站在台上演讲得不到众人的喝彩，假如你开发的软件总是没人下载，假如你运营的咖啡店总难有起色，假如你写的一本书没有大卖，假如……你还要不要做，你还要不要做自己的事业，要不要站到台上去讲，要不要开发自己的应用，要不要运营自己的店，要不要写自己的书。

如果还要的话，那就容忍自己再多几次坏运气吧。

"假如你得不到你想要的，那你还要不要做你想做的？"

致谢

在此列出那些奉献出知识、时间、耐心，来帮助我创造这本书的人：

新精英生涯公司的所有员工——古典、李春雨、左明华、赵昂、李阳（不是那个疯狂英语的李阳）、佟海宝、徐一、王欢、谢秀红、史延岩……本书思路多是源自你们，同样也是你们鼓励我持续写作；

我的插图设计师吴亚鸿配的插图很有特色，他一定会是个好漫画家；

我的编辑潘良和明菲，在成书过程中我们多次讨论，最终让本书顺利出版；

我在通信人家园（WWW.TXRJY.COM）所发的职业生涯精品帖，则是我创造本书最核心的来源，由此感谢通信人家园的 BOSS、版主和编辑，以及在本论坛中回帖的所有朋友；

还有我的家人，如果没有你们的容忍，我就没办法每天晚上都在家写作，而且每次都写到 12 点——打搅你们休息了。